公元787年,唐封疆大吏马总集诸子精华,编著成《意林》一书6卷,流传至今
意林:始于公元787年,距今1200余年

青春最美,梦想出发
中国式好看轻小说优鲜品牌

意林轻文库 绘梦古风系列 051

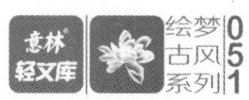

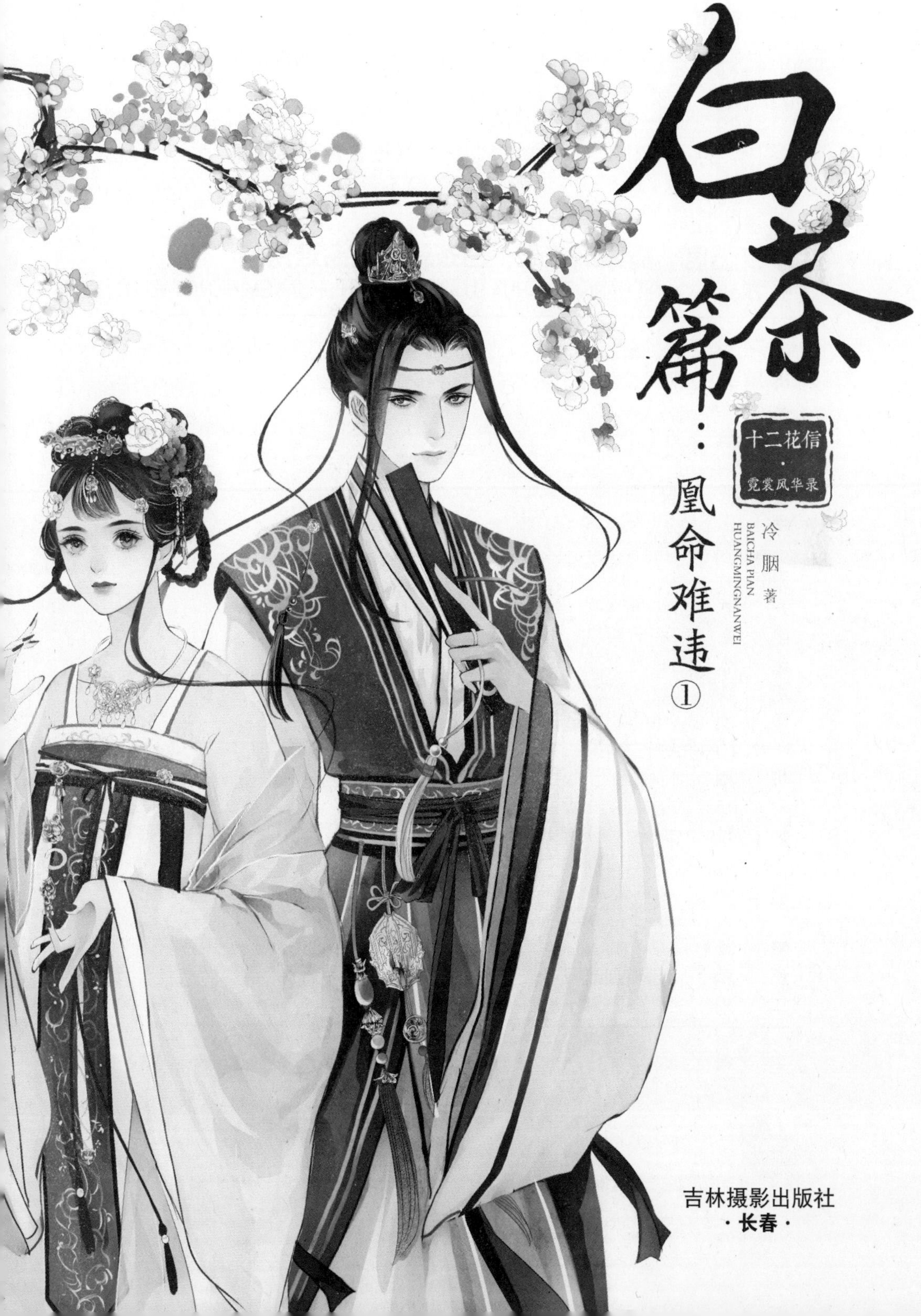

白茶篇：凰命难违 ①

十二花信·霓裳风华录

BAICHA PIAN HUANGMINGNANWEI

冷胭 著

吉林摄影出版社
·长春·

图书在版编目（CIP）数据

十二花信·霓裳风华录.白茶篇：凰命难违.①/冷胭著.--长春：吉林摄影出版社，2018.5
（意林·轻文库.绘梦古风系列）
ISBN 978-7-5498-3590-4

Ⅰ.①十… Ⅱ.①冷… Ⅲ.①长篇小说—中国—当代 Ⅳ.①I247.5

中国版本图书馆CIP数据核字(2018)第092706号

十二花信·霓裳风华录　白茶篇：凰命难违①
SHI'ER HUAXIN·NICHANG FENGHUA LU　BAICHA PIAN：HUANGMINGNANWEI ①

著　　者	冷　胭
出 版 人	孙洪军
总 策 划	安　雅　张　星
责任编辑	李　彬
图书统筹	空心菜
特约编辑	魏　娜
绘　　图	长　乐
书籍装帧	胡静梅
图书设计	刘　静
开　　本	700mm×1000mm　1/16
字　　数	280千字
印　　张	11
版　　次	2018年5月第1版
印　　次	2018年5月第1次印刷

出　　版	吉林摄影出版社
发　　行	吉林摄影出版社
地　　址	长春市泰来街1825号
	邮编：130062
电　　话	总编办：0431-86012616
	发行科：0431-86012602
网　　址	www.jlsycbs.net
经　　销	全国各地新华书店
印　　刷	晟德（天津）印刷有限公司
书　　号	ISBN 978-7-5498-3590-4　　　　定价：26.80元

版权所有　侵权必究
如发现印装质量问题，请与印务部联系退换，电话：010-51908584

目录

- 001 ✧ 楔子
- 003 ✧ 第一章 暗流涌动
- 017 ✧ 第二章 风光回府
- 033 ✧ 第三章 深宫诡谲
- 049 ✧ 第四章 王府惊心
- 063 ✧ 第五章 朝堂显威
- 077 ✧ 第六章 意外会面
- 095 ✧ 第七章 金殿允亲
- 109 ✧ 第八章 三个刁难
- 125 ✧ 第九章 暗中求情
- 147 ✧ 第十章 洞房花烛

楔子

花之主：苏霜岚

花之信：白茶花

花之语：坚韧、美好、清丽脱俗。

花之质：生意盎然，炽烈怒放。

花之引：苏南是具有神秘技能的沧澜族后人，迫于先祖的承诺制造了一场惊天反转的大事件，导致意气风发的四皇子慕容峻坠入人生谷底，不仅身负重伤，还被判定为叛国者，陷入万劫不复的深渊。

苏南的孙女苏霜岚冒充将门苏家之女，出现在慕容峻的身边，极有分寸地步步靠近。只为把他那支离破碎的灰暗人生重新塑造，将慕容峻再次推上至高宝座！

她的性格中既有山茶花的傲雪风骨，又有明艳争春的勃勃生机，时而淡雅，时而浓烈。令他迷惑的同时，一步步瓦解他的戒心。

她与他执手前行，共同经历了六皇子慕容峰的陷害威逼、敌国南华使臣的阴谋袭击、南华公主的侮辱刁难，尽管命运如此多舛，她仍要不断抗争，誓不低头。

朝堂上冷箭难防，她迫于情势不得不嫁给慕容峻为妻，却要闯过重重关卡，方能入住王府，更有潜伏的各方势力趁着他们洞房花烛夜伺机而动……

大昭国,皇都长宁。

皇宫。

叶贵妃优雅地斜倚在软榻上,侍女正轻轻地给她捶腿。如画的眉目配上精致的妆容,虽已人到中年,叶贵妃仍是倾城之色,惬意地闭眼享受着此时的安闲舒适。

她是这宫中最受皇帝宠爱的女子、地位最高的女子,她的儿子是唯一有资格继承大统的皇子———一切都如她所愿,她还有什么不满足的呢?

余下的时光,似乎只剩下好好享受了呢。

"娘娘。"几不可闻的呼唤声在她身后的阴影里响起。

叶贵妃忽地睁眼,挥挥手让侍女们都退下,一双美眸里酝起警惕:"出了什么事?"

阴影里缓缓走出一个身着暗色长袍的人,整个脸都罩在袍帽中,阴暗得看不真切,只有声音透着深沉的凉意:"卦象是:破、逆。"

叶贵妃双眼微眯:"何意?难道现在的境况,还会有什么改变?"

"破,乃是指眼前的一切会被什么人打破,而逆,则是逆转。"

"逆转?"叶贵妃被这两个字惊得坐起,不可置信地看着眼前的人,"事情都闹到这个地步,还有可能逆转吗?"

"娘娘,连'逆天转势'这样的事情都存在,还有什么是不可能发生的?"

叶贵妃的美眸中渗出层层杀意:"本宫绝不允许任何改变现状的事情发生!池旧,你给本宫好好盯着!无论是谁,妄想改变本宫拥有的一切,就只有死!"

池旧的头轻点,声音依旧寒凉:"是,请娘娘放心。"

叶贵妃听到肯定的回答,脸色稍稍好转,又问道:"今晚,都安排妥当了吗?"

"是的,娘娘,一切都在进行中。"

"好,就是今晚,让他再也翻不了身!任是谁来也无法再给他半分翻盘的机会!"叶贵妃浑身散发着瘆人的狠辣气息,心中暗道:"荣亲王,我绝不会给你东山再起的机会!绝无可能!"

城西十里的破败庙宇内,幽暗的火光影影绰绰。

一个面容姣好、肌肤胜雪的女子正坐在地上,胡乱地扒拉着自己的衣衫,一双香肩露出来。

另一边半躺着一个年轻男子,神色痛苦地皱着眉,紧紧按着自己的心口,似惊涛

骇浪拍打着他即将溃堤的心岸,他强力支撑着自己的意志,偏过头不去看那女子,却忍耐不住地大口地喘着粗气。

"混账!"男子恨恨骂了一句,却没有力气再说下去。

女子无力又妩媚地笑起来,走到他身边坐下,靠在他的肩头。男子很快推开她的手,虚弱地警告:"再敢碰本王一下,立即杀了你!"

女子娇柔地笑道:"王爷还有杀人的力气?王爷难道不知道我的心意?虽然此番是奸人陷害你我,但也算是得偿所愿。"

男子额头上的汗细细密密,大口地喘气,艰难地抵御着体内发作的药性。女子却似乎再也忍不住,直直扑在了他的身上。

男子用尽力气躲闪,手臂却越来越没有劲力。他压抑地捶打自己的双腿,愤恨地闭了闭眼。

忽然"嘭"的一声,眼前的女子倒了下去,歪倒在一旁,像是晕了过去。

他抬头,映入眼帘的是一个衣着有些古怪的年轻女子,正拍着手微笑:"打得很准嘛!"

她脸上戴着面纱,看不清容貌,只有那双盈满笑意的眼睛,分外明亮清澈。

"你是何人?"他惊讶出声。

"嘘——"她俯身示意他小声些,"搜寻你的人已经在附近了。我们快走。"

他强忍着体内撕裂般的痛楚和欲望,偏了头不去看那双明媚的眼睛,咬牙说道:"不管你是谁,快走!本王……无法再忍……"

"啊,对了。"她低呼一声,手上已经多了一个白色的药丸,递到他的眼前,"吃下去,吃了就好了。"

他戒备地看着她:"你是谁的人?"

嘈杂的脚步声隐隐约约传来,她顾不上解释,直接将药丸塞进他的嘴里:"废话这么多。"说罢抄起他一只手搭在自己肩上,扶着他向破庙后面走去。他的身子很沉,脚步也不利索,她搂着他的腰走得十分费力,却还是努力地把他带到了安全的位置。他们在一个能藏身的角落躲避,观察外面的情况。

他感到一下子拥抱着满怀的柔软馨香,心猿意马得再也无法控制,低头压了下去,正对着她的唇。不料她反应极快,迅速避开他低下的头,双手使劲想把他推开。他的头落在她的颈窝里微微发颤,可是他的力气太大,双臂紧紧箍着她的肩膀和背部,完全无法动弹。

脚步声越来越近，已经到了破庙内。她只好不再反抗，以免发出声响，认命地任凭他肆意紧紧搂抱住她，像要把她生生勒断。

他气息不稳，怀抱越来越紧密。而渐渐地，他似乎冷静下来，轻轻喘着气离开了她。她推搡了他一把，一拳击在他左脸，恼怒地瞪他。他尴尬地想要道歉，却被她一把捂住嘴巴，眼神示意外面有人。

他这才想起身处险境，眼中立刻沾染了戒备和肃杀。只听外面的人说道："人呢？怎么只有琴妃在这里？"

"会不会是药量不够，逃跑了？"

"他那双废腿，还能跑？琴妃真是太没用了！都下了药带到她面前，居然没能成事吗？"

"王爷还真能忍……琴妃这样的尤物在面前，都能跑掉……啧啧啧……"

"闭嘴！给我搜！他那样能跑多远？就算手脚并用一起爬，还能爬回王府吗？给我到处搜！"

"是！"

脚步声向四面散去，呼呼喝喝的声音响起来。

他面色阴沉，浑身散发着狠戾的气息。她才发现为了不让她负担太重，他一直半靠在墙壁上支撑着，此时已是汗如雨下。

她立即伸手重新搂住他，用肩膀给他支撑。他却没有接受，往墙上靠去，摇了摇头。

那场惨烈的变故之后，他果然跟从前大不一样了。她暗暗地想，也没有再坚持，静静地听着外面的动静。他虽也凝神静听，眼睛却用余光瞟着她：从未见过，没有任何印象，方才从背后打晕琴妃的手段，也看不出是什么武功路数……

她却喂自己吃了一颗药丸，压下了他体内的药力。

不像是敌人，却也不像是朋友。

只听外面的脚步声又聚拢在一处，纷纷报告着："没有发现荣亲王的踪迹！"

领头的人喝道："都是饭桶！回去如何交代？"

另一人说道："皇上的御驾就在附近，还要引过来吗？"

"引个头！引过来看琴妃一个人表演吗？还不快撤！"

"那……那琴妃呢？带走吗？"

"干掉她。"

脚步声呼啦啦地快速离去，只留下一个人，对着地上昏迷的琴妃就是一剑，正中心口。可怜琴妃刚从昏迷中被痛醒，就立即惊恐地死去了。

躲在隐蔽处的荣亲王眼疾手快，一把捂住了身边女子的嘴，防止她惊呼出声。她立即闭上嘴巴，他松开手，瞥了一眼她惊慌的神情。

最后一个人也匆匆离开了，她稳定了心神，小声对他说："快走，免得跟皇帝撞见。"

他微微垂了眼帘，看了看自己的腿，刻板地说道："你走。"

她才想起他腿脚不便，连忙指着侧门说道："从这儿出去，有人接应的。"说着站起身，再次叮嘱道，"你快去吧！再晚了真来不及啦！我只能帮你到这儿啦。"

他看着她要走的样子，张了张嘴却没说出什么话来。她好像感应到他的想法似的，忽然回头，一双眸子笑起来清亮明媚："就当我是九天玄女好了，上天派我来拯救你的哦！"在他恍惚之间，她又正色道，"别再自暴自弃，你的腿伤、你心里的伤，很快都会被医好，还有你的前程、你的王位，一切的一切，都会重新属于你。以及你遭遇的羞辱和失败，全都会一一讨回。"

她的声音不大，却如此振聋发聩，听在他的耳中，竟像在嗡嗡作响。字字戳中他心底最深处的旧伤，滴出来的血却不再是沉厚的黑色，反而透出一股鲜艳的殷红。

她说完又是一笑，很快走了出去，只留下一抹奇异的背影。

他有些失神，却很快冷静下来。这怎么可能？世上哪有什么九天玄女？只怕又是敌人的诡计。这些年他遭遇的各种阴谋还少吗？

他冷哼着，强撑着向侧门挪动，腿伤再一次隐隐发作，疼得他几乎无力站直。他将侧门微微打开一些，看见一个人热切地迎了上来，激动地低低唤了一声："王爷！"

竟是王府管家成安。

成安招呼几个小厮一起将他扶上了轿子，很快离开破庙。他掀起轿帘向远处看去，果然见到皇上平日出行用的轿辇正进入破庙。疑惑之间，他问道："你怎么会来？"

成安恭敬答道："一位姑娘来王府报信，说是王爷有难需要救援，原本小人也不信，可她说得有板有眼，而且确实到处也找不到王爷，小人就赶来了。多亏了那位姑娘……"

"她可有说她的身份？姓甚名谁？"

"没有，姑娘什么都没表露……啊，对了，她说自己是九天玄女！"

他轻嗤，眼前浮现她说自己是九天玄女的表情。她穿的衣衫很是奇特，上身衣衫不像是近来风行的款式，不似大昭女子都喜欢的宽大飘逸的裙装，而是上身十分贴身利落的短衫，下身亦是干练的裤装，脚踝处还用绑带细细裹缠，颇像路见不平的侠女，还有那双鞋，看不出是什么材质，样式也从未见过……

她，到底是谁？

街角拐弯处，苏霜岚已经换上了大昭国一般女子的普通衣饰，嫌弃飘带累赘就随意系在腰间，而刚才穿着的衣衫长裤都打包好了背在身上。她轻车熟路地在巷子里穿梭，轻声自语道："爷爷让我把地图好好记住，果然很有用啊。不过，刚过来就面对那么危险的状况，还被那个荣亲王给强抱了！爷爷你真狠心哪！"

她虽然在埋怨，却仍是笑着匆匆而行，很快转到了街尾一个小院的墙边，仔细看了看，确定就是这里，轻轻一跃就跳上了墙头。

小院里陈设简单，甚至可以说是简陋，这么深的夜里，黑灯瞎火，看不见一盏灯笼照路，只有主房内有些幽暗的烛火光亮。

果然是备受冷落的境遇呢。苏霜岚暗暗咂嘴，堂堂将军府嫡女竟然被欺凌成这个样子，不仅被赶到外宅居住，而且过得还不如将军府里的高等仆役。唉，不过管他呢，反正她今晚就要死了，一切都结束了，她也不会再受折磨了。

那七本囊括了所有正史和外传逸闻的《大昭国史》，都已经被苏霜岚背得滚瓜烂熟。就是今晚，这位苏府嫡女会自尽而亡，而她苏霜岚，即将冒充这位将军府嫡女，代替她进入皇宫。

苏霜岚安静地耐心等待着，只见主房内的光亮忽然闪了几下，接着传来女子的尖叫声和什么东西摔打在地上的声响，还夹杂着男子的污言秽语。苏霜岚立即明白过来，这是有人正在轻薄苏府嫡女。

她心里突地一紧。她虽然知道今晚这女子就要自杀，却不知她是因为遭人非礼才自寻短见！《大昭国史》中对这嫡女也不过寥寥数笔，却没想到现实会如此不堪！

女子绝望的呼救一声声传入苏霜岚的耳中，刺耳极了，惊得她的心突突地跳。苏霜岚转了头不想去听，可那女子的叫喊声一声紧过一声。她四下看去，小院地处偏僻，何况这半夜三更根本不会有人听到呼救。

苏霜岚咬了咬牙，一个跃起，翻走到主房门前却又生生顿住。

"你是去将被扭转的命运重新摆回原位的,切记不要改变任何你明知道会发生的事情!否则会给你带来无法预知的危险!还会增大你完成任务的难度!你要做的是毫无痕迹地完成一切,不留任何痕迹地回来!"

爷爷那严肃而郑重的告诫又在耳边响起,苏霜岚也明白擅自改变原本会发生的事情的后果,一时犹豫不定。而那主房内的刺耳声响不断刺激着她的耳鼓,令她再也无法忍耐,麻利地蒙好面纱,"嘭"地一脚踹开房门,只见两个彪形大汉正把一个女子摁在桌上,那女子正痛苦地哭叫着。

那两个大汉听到踹门声迅速回头,苏霜岚惊觉这两人高出自己大半个头,体形几乎是自己的两倍!她看着恼怒而来的两个人,连忙左手紧紧一握,银白色的光芒从拳头中渗透出来,那两个大汉忽然就静止不动了。

周围的一切都停滞了,人不再动,也不再呼吸,风都没有流动,连一丝虫鸣都没有。苏霜岚左手中的银色光华渐渐敛去,她在袖中捏出一根银针,迅速地扎在两个大汉的后脖颈上,然后立即将那躺在桌上的女子搂起来,随意在旁边拿了件衣服给她披好,扶她坐在床上。

很快,停滞的时间恢复运转,受到惊吓的女子还没来得及再哭叫,就震惊地看着那两个大汉倒了下去,好像昏死了。苏霜岚安慰地拍拍她的肩膀:"没事了,没事了,不用怕。"

女子错愕地看着苏霜岚,抓紧了身上的衣服裹紧自己,迅速向后退进床角,戒备地说道:"你……你是谁?怎么进来的?"

苏霜岚微笑:"只是路见不平的人。他们会晕过去一个时辰,你放心。"

女子惊魂未定地看了看那两个大汉,环抱着自己手足无措。苏霜岚轻声问:"他们怎么会闯进来?"

女子镇定了半响才说道:"听这两个登徒子所言……是我那两个仆人,合伙把我卖给了他们……"她的眼泪扑簌而下,"没想到,没想到他们竟敢……竟敢这样对我……"

苏霜岚知道这嫡女受了很多折磨,有心帮她却不能再改变什么,只得谨慎说道:"你还有什么亲戚?我送你去?这里,不太安全。"

女子眼中燃起一丝希望,却又很快摇摇头:"没有了……"

自从这嫡女的生母死后,她就被继母赶出了府门,连自己的亲生父亲也对她不闻不问……苏霜岚心里默叹一声,又问道:"你有什么打算?"

女子微微看了她一眼，苏霜岚解释道："送佛送到西吧，你若是有想去的地方，我可以送你去。"

苏霜岚忽然有点儿着急，这女子没有死，她该如何冒充呢？

好在女子说："我，只想离开这里。"

苏霜岚爽快地掏出两大锭银子塞给她，这女子诚惶诚恐地接了："恩人，今晚……我真不知道该如何报答，您又给我这么多银子，这……这更让我……"

苏霜岚摆摆手："小事。只要你以后能活得自在快乐，这都不算什么。"

女子含泪轻轻点头："恩人，敢问高姓大名？若我有了落脚之处，定为恩人日日祝祷平安。"

"不必了，那些虚头巴脑的事儿无所谓。"苏霜岚笑了起来，那女子下了床，恭敬地行礼表达感激，苏霜岚想扶她起来，她仍是倔强地跪着："小女子苏蓉，自母亲早亡之后，再没有得到过任何人的关心帮助，何况今日恩人对我又是如此大恩。既然恩人不愿透露姓名，便让小女子多磕几个头吧！"

苏霜岚不好再拦，看着苏蓉结结实实磕了三个头才扶她起来，让她换了衣衫，整理了随身衣物，立即将她送至渡口，看着她进了船舱才放下心来。

如果不救苏蓉，她会死于自尽，而自己救了苏蓉并且送她离去，这样算是重大改变吗？这改变真的会给自己带来危险吗？苏霜岚无奈地笑笑："可是再遭遇一次，我还是没办法不救她。"

苏霜岚回到小院的时候，天已经蒙蒙亮了，那两个大汉早已不见踪影，估计是醒来之后就跑掉了。苏霜岚细细整理好一切，和衣躺在床上，静静等着即将来到这个小院的人。

很快，小院的门便被推开了。四五个粗壮的老妇人鱼贯而入，为首的老妇人四下一望，发现小院角落里的秋千架上坐着一个女子，径直走过去说道："四小姐，奴婢是将军府内务管事方姑，今日是来接您回府的，这就走吧。"说着便吩咐其他妇人进屋收拾东西。

苏霜岚正优哉游哉地荡着秋千。她丝毫没有要下来的意思，也没有看方姑一眼，依旧轻轻地摆荡着。

方姑有些嫌恶地微一皱眉，忍耐住想要发火的心思，看着其他几个妇人提着包袱从屋内走出，又说了一遍："四小姐，回府吧。"

苏霜岚微微一笑,随意瞟了方姑一眼,轻柔地说了三个字:"滚出去。"

方姑双眉倒竖,火从心头起。这些年来在将军府中,除了将军和夫人,她从未将任何人放在眼里,连那一向跋扈的大小姐和刁钻的二小姐都要给她三分薄面,何况是眼前这位多年不在府中,才要回府的不受待见的四小姐?她想也没想地冷哼一声:"四小姐,奴婢可不想动粗,夫人还在府里等着,四小姐不要为难下人吧!"

"你还记得你是下人呢?"苏霜岚浅笑依然,"有下人不在门外请示就直接进主子房里的吗?"

方姑冷冷笑道:"四小姐,这里不过是个外宅,等你回了将军府再摆谱不迟。"

苏霜岚继续荡着秋千,笑容里也带了凉意:"外宅里的人就不是你的主子了?滚出去。"

方姑的恼怒中带了些诧异。

这位四小姐的生母是将军的原配夫人,因身子羸弱,反倒让后进门的妾侍先给将军生下了孩子,又因性子懦弱,成天被妾侍欺压得不像话。后来好不容易有了身孕,却在生下四小姐的当日就一命呜呼了。妾侍起先还假模假样地善待这位嫡出的四小姐,但在被扶正为夫人之后,就立即不知从哪里找来一个道士,说四小姐与将军府犯克,尤其刑克父母,必须移出将军府才妥当。将军听信了道士的话,可怜四小姐还尚在襁褓就被挪在这外宅养着,只有两个仆人照看。

将军因为夫人的关系,对这位四小姐也极少关心,往往只是过年过节的时候派人接过府看看。后来因为夫人的挑唆,干脆连年节都不大来往了,好像压根没有生过这个女儿。方姑恍然想起最后一次见到这位四小姐还是她五岁的时候,小小瘦瘦的样子,双眼中全是怯意,连头都不敢抬起来。更听了不少那两个仆人克扣小姐的吃穿用度,欺负得她不敢吱声之类的传言。

可眼前这位四小姐,哪里还有当年怯懦惊惧的影子?

不过方姑只是随意想了想,又记着夫人所说务必将四小姐带回府的命令,就立即用了老法子,对几个妇人招呼道:"伺候四小姐回府。"

几个妇人齐齐应声,一同上前就要将苏霜岚从秋千架上拽下来。却不料刚走到苏霜岚面前,原本平整的地面突然刺出很多粗长的铁钉,尽数扎进了那几个妇人的脚里。

"啊!"

"哎呀!"

"疼死了！"

此起彼伏的惨叫声响起，几个妇人歪七倒八地倒在地上。

方姑震惊地看着眼前发生的一切，不敢置信地看向这位四小姐。苏霜岚脸上的浅笑一直未退，秋千也仍在晃晃悠悠，只是那清亮明媚的双眸，此时正含笑望着方姑，却让方姑浑身莫名一寒。

方姑强撑着气势，怒气冲冲地叫唤："这是什么？四小姐这是做什么？"

"你也看到了，我什么都没做啊。"苏霜岚一副无辜的模样，"这钉子是防贼的。不过还是老话说得好，家贼难防啊。"

方姑被怄得说不出话来，连忙蹲身要帮那几个妇人把钉子拔出，却又是一阵撕心裂肺的惨叫，只见那些长钉又忽地收了回去，地面上只留下点点血迹，什么都没有。

方姑猛地站起身，恨不得扑上去撕了这四小姐，可又不敢妄动，生怕自己过去也被扎个脚破血流。只能硬生生站在原地，恼恨地吼了一句："我们走！"

几个妇人彼此搀扶着站起来，龇牙咧嘴地忍着钻心的疼痛缓缓走了出去。

苏霜岚那轻柔的声音从方姑的身后传来："早就要你们滚出去了，听话多好。"

将军府。

方姑带着受伤的妇人们，添油加醋地将外宅的事情说了一遍，如今的将军夫人谈氏有些不相信地问道："那丫头竟有如此手段？连你都摆不平？"

方姑额头冒汗："奴婢没想到四小姐如今不同以往了，一时大意了。"

谈氏有些不悦："让你带个人回来也这么困难，平日里那些威风都耍到哪里去了？等宫里的教礼嬷嬷到了，要是交不出人来，看要怎么收场！"

方姑一个劲地点头："是是！奴婢再去一趟，一定把人带回来！"

谈氏又补充道："带上府中护卫，我就不信她还能翻出什么天来！"

可没想到，才不过一个时辰，方姑和五个侍卫就灰头土脸地回来了。谈氏惊异地看着他们，衣衫被划破了很多口子，个个蔫头耷脑，全是狼狈之色。

方姑吞吞吐吐地说道："夫人，四小姐院子里的机关好厉害！她坐在秋千上动也没动，就整得奴婢们鸡飞狗跳……"

"什么？"谈氏又惊又气地站了起来，"你们几个有功夫的也应付不了？"

一个侍卫答道："那些机关实在厉害，一个还没应付完又出现一个……再说四小姐是主子，我们也不能对她动粗吧……"

另一个侍卫附和道:"是啊,四小姐看起来娇娇弱弱的,怎么能……"

"混账!"谈氏大怒,"什么娇娇弱弱?跟她那死去的娘一个德行,都用这套狐媚样骗人!去,把府里的护卫都叫上,全都给我去,抬也要把人给我抬回来!"

方姑连忙阻止道:"夫人,恐怕硬来是不可能成功的!四小姐有话……"她有些不敢说出口,谈氏喝道:"还不快说!"

"四小姐说了,当年谁赶她出去的,就要谁把她接回来,否则,她绝不回府。"

谈氏怒极反笑:"原来是在摆脸色给我看!我就是不去接又能怎样?大不了让芸儿和莹儿都进宫去,表现差一点儿就不会被选上!"

"不要啊娘亲!"一直在门口偷听的两姐妹带着哭腔扑了进来,一左一右扯住谈氏的胳膊摇晃:"女儿不要嫁给荣亲王!不要嫁给荣亲王啊!"

谈氏被她们摇晃得心烦意乱,甩开她们的手喝道:"这都是你们的命!谁让你们赶上为荣亲王选妃的时辰!"

苏莹见母亲气急败坏,连忙说道:"要去也是姐姐去,姐姐为长,哪有小女儿先出嫁的道理?"

苏芸立刻恼了:"你是什么姐妹?竟要把你的亲姐姐推到火坑里去吗?"

苏莹回道:"即便你去了也不见得会选上呀,皇上的要求那么高,哪里就一定看得上你了?"

"那你怎么不去?"

"我是妹妹呀!"

两姐妹的吵闹声让谈氏头昏脑涨,她没有再理会姐妹俩,而是渐渐平静下来,沉声对方姑说道:"你去准备一下,就按照府中嫡女千金的规格去置办,我亲自去接她回来。"

"是。"方姑应声而去。

谈氏坐在一乘小轿中,眉目阴沉。若不是为了自己的两个宝贝女儿,她大概直到死,都不会来见这个四小姐一面。她又想起了荣亲王,那个曾是皇上最宠爱的四殿下,风光霁月的潇洒男子,战无不胜的英武将军,多少大昭少女的春闺梦里人——而如今,却变成了人人口中的火坑炼狱,没有任何人愿意沾染。

自从那件事后,皇上就再也没有召见过他,到现在,已有三年之久。

老祖宗留下的规矩,皇族正支男子在冠礼之前就必须选妃,而且由皇帝亲自督

管。所有官阶三品以上的官员家中必出一女，由宫中的教礼嬷嬷负责指导宫中礼仪两个月，再入宫侍奉半年，最后由皇上挑选出最佳人选。

这原本是所有世家女子都十分乐意的事情，既有机会找到好夫婿，又能在宫中出入。只是这次所有世家女子都如临大敌，只因那对象是荣亲王。

从前皇上为其他皇子选妃的时候，都是早早开始，而这一次迟迟没有颁下旨意，所有人都以为此事会因为荣亲王而更改，却没想到半个月前，皇上还是下了旨，开始为荣亲王选妃，责令所有世家做准备。

将军苏正通乃是随皇帝一同打江山的老臣，官阶一品，被封为镇国大将军，自然是逃不掉的。而且此次年纪合适的世家未婚女子中，苏家的官阶是最高的。按照以往的惯例，王爷正妃都是从官阶最高的世家女子中选出，甚至有在同一世家中一选再选的先例。

于是谈氏在遗忘多年之后，终于想起来在那无人问津的外宅，还有一个可以送进宫的女儿。

不管自己多么低声下气，为了自己的两个女儿，也一定要坚持下来，直到把四小姐送进宫，甚至要暗中使力让她顺利成为荣亲王正妃，才能不殃及自己的两个女儿。谈氏暗暗地想。

"夫人，到了。"方姑在轿外提醒着，搀扶着谈氏出了轿门。

四合院的门虚掩着，却没有人敢再随意推门而入。谈氏看了看这简单到有些寒酸的四合院，示意方姑上前叫门。

方姑走到门前，有些紧张地伸出手去，生怕又碰到什么机关似的，只拍了一下便高声说道："四小姐，夫人来接您了，能进去吗？"

里面很久都没有回应。

谈氏皱眉，方姑继续说道："四小姐，您讲究礼数，也当知道晚辈应出来与长辈见礼呀！"

仍然没有回应。

谈氏咬了咬牙走上前去，却怎么也想不起这位四小姐的名字，便大声唤道："四姑娘，为娘来看你了！"说完自己都有些泛酸，浑身一麻。

又静待了一会儿，才听得里面有个轻柔却有力的声音答道："进来吧。"

苏霜岚仍然在秋千上轻轻摆荡，漫不经心地看着方姑扶着一个中年妇人走了进来。她想起野史逸闻上的记载，这位苏夫人肚量极小，不能容人，逼死了苏将军的原配和两个小妾，甚至连小妾生的孩子也被她折磨得郁郁而终，再想到苏蓉的处境，那天晚上惊心动魄的欺凌……她就无法对这位苏夫人露出笑脸。

她原本的计划是看似逆来顺受地接受一切，平静地回府，平静地入宫，成为皇帝身边的侍女之后，伺机影响皇上对荣亲王的看法，帮助荣亲王重新赢得青睐。可眼下，她只想好好修理一下这位苏夫人。

谈氏进了小院，只见里面各处整洁有序，丝毫没有曾经鸡飞狗跳的影子。谈氏特意向秋千架前看去，却是一丁点儿血迹也无。谈氏疑惑地与方姑对视一眼，一抹粉色已经走到眼前，低柔和缓地唤了一声："夫人。"

谈氏向前看去，一个身着嫩粉色衣裙的女子正对着她盈盈而笑。这女子的笑容天真烂漫，看起来对人毫无防备的模样，尤其是她那双眸子分外清亮，让人一见难忘。

嫩粉色。谈氏心里一闷。

按家法规矩，只有正妻才能穿红色，妾侍都只能穿紫、暗红、粉紫等无法越过红的颜色，而子女们，唯有正妻的女儿能穿嫩粉色，妾侍的女儿只能穿浅粉、浅紫等颜色，像是在衬托嫡女一般。刚进门的那些年，谈氏从来没有穿过红色，每每看见正室穿红就妒忌万分，后来她终于被扶正能穿红，自己的女儿们也能穿嫩粉了，终于舒了心中闷气。

而今，一个不是她生的女儿，正穿着嫩粉色，向她炫耀般地微笑着，仿佛刻意提醒她那低微的身份和被扶正的事实。

谈氏心中不快，语气立即充满了不满："四姑娘，你该称呼我为母亲。"

苏霜岚甜甜一笑："夫人知道我的名字吗？"

谈氏顿时语塞，绞尽脑汁也没想起来她到底叫什么名字。

苏霜岚笑得更甜："这天下，有不知道自己女儿名字的母亲吗？"

谈氏胸中憋闷得说不出话来，方姑刚想为主子说几句话，却硬生生被苏霜岚一个随意瞟来的眼神给逼了回去。

苏霜岚芳唇轻启："记住了，我的名字是，苏霜岚。"

谈氏反驳道："不对，你们姐妹的名字都是单字，你不可能是这个名字。"

苏霜岚不在意地一笑，却没有回答。方姑小声对谈氏说道："算了夫人，名字有什么好纠缠的？正经事重要啊！"

苏霜岚明显听到了方姑的话，用一副"下人都比你明白"的眼神看着谈氏。

谈氏咽下怒气，摆出当家主母的身份说道："霜岚，前几日你父亲就派人来知会过你了，今日我来，便是接你回府。待你父亲回来，一家人吃个团圆饭，咱们这就走吧。"

苏霜岚浅笑："不知道我是以什么身份回府的呢？方才方姑过来两趟，那阵仗好像我是要被有权有势的人家强行拉去的低微妾侍呢。"

谈氏简直气结，算是领教了这个丫头的难缠，想着幸好一切齐备，耐着性子说道："当然是以将军府嫡女的身份回府。八人抬的软轿、高顶华盖、净街玉泉水、开道鸣锣，一切都是按照迎接嫡女回府的规矩置办的。"

苏霜岚却没有像谈氏想的那样露出满意的神色，一副"理应如此"的表情，淡淡说道："既如此——"她的一只手微微抬起，眼风扫过方姑。方姑在谈氏默认的眼神下，伸手去扶住了苏霜岚的胳膊，将她缓缓带出院子。

谈氏看着苏霜岚的背影，怨恨地暗暗说道："就让你得意一阵子！待你嫁入荣亲王府，看你再如何得意！"

苏霜岚坐上八人抬的软轿，轿内陈设华贵，坐垫柔软滑腻，还有淡淡的香气。苏霜岚抚着垂吊下来的淡紫色流苏，心中说道："苏四小姐，总算为你出了一口恶气。"

还记得那天，苏蓉站在船头握住她的手，轻声说道："前几日有仆人来知会于我，说父亲要接我回府，我本来十分高兴，以为父亲终于想起了我……可后来才知道，他竟是为了不让他的另外两个女儿跳入火坑，才推着我入宫，想把我嫁入荣亲王府……等不来的东西，我不想再等了。恩人，您对我恩同再造，谢谢您。"

等不来的东西，她不想再等了。

多年来父亲的忽视和冷漠，主母的陷害和挑唆，下人的鄙夷和怠慢，都将随着苏蓉的离开，一并消失。

此后的将军府四小姐，绝不再是任人欺凌宰割的懦弱羔羊！我苏霜岚势必在这陌生世间活出一片光彩，完成自己来此的绝密使命！

"顺手帮你重塑苏四小姐的形象，整整那些曾经让你难受的人。"苏霜岚浅笑着暗想，"就当是我冒充你的回报吧。"

将军府在城北最繁华的地方，闹中取静的一座奢华宅院。谈氏的轿子一马当先，从正门进入宅院，迎接的仆人们夹道两旁，齐齐说道："夫人！"苏霜岚的轿子随后而来，仆人们又齐齐唤道："恭迎四小姐回府！"

苏霜岚在轿中嗤笑，这谈氏为了讨好自己，好让自己听话地替她两个女儿跳入火坑，摆出的阵仗还真是不小。

不过这正与她的一部分目标不谋而合，于是她也十分乐意配合谈氏演好这一出母慈女孝、合家欢睦的大戏。

轿子缓缓行了一阵子，便听见方姑在轿外说道："四小姐，奴婢扶您下轿吧。"说着她掀起轿帘，手也伸了过来。

苏霜岚端足了将军府嫡女的架子，扶着方姑的手缓缓走出轿子。

只见谈氏走在前面，两边是恭敬行礼的仆人，正前方的敞阔房屋大气华美，应是府中的正厅。

正厅前站着两个衣饰精致华贵的年轻女子，正是苏芸与苏莹。她们俩见到谈氏立即迎了上来，谈氏用眼神示意她们，她们立即向着苏霜岚走过来，面带笑容地一边挽住她的一只手："四妹妹回来了！"

苏霜岚任由她们挽着，微笑着说道："是大姐和二姐吧？我才回来，还没顾得上跟姐姐们行礼呢。"

苏芸和苏莹说着客套话将她带入正厅，把她安置在主座下首的位置，紧挨着谈氏。仆人们陆续送上来各色果品点心和茶饮。

谈氏看似平常地饮茶，却暗暗关注着苏霜岚的一举一动。

虽然接她回府是为了代替自己的女儿去踏上苦难路程，但如果她行为举止并不像大家闺秀，他日入宫之后定会给苏家丢脸，惹祸牵连苏家，若是那样还是趁早让她离开为好。

苏霜岚对此心知肚明，举手投足间完全合乎礼仪。她内心感叹爷爷的先见之明，从小就逼迫她学习知识和礼仪，终于派上用场。

谈氏见苏霜岚看起来还算有风范，满意的同时不免有些疑惑：自五岁在府里见过之后，就再没有过问她的死活，更谈不上给她请师父教导课业和女红及礼仪，她这副大家嫡女的做派是从何而来？

苏霜岚明白谈氏在想些什么，先发制人地说道："夫人可否帮我去找找我那两个仆人？自得了我要回府的信儿之后，他俩就一齐不见了踪影，也不知道是怎么回事。"

谈氏顿时反应过来，定是那两个仆人私下找了师傅教导苏霜岚，才让她出落得如此大方得体。

谈氏暗地里咬牙切齿，这两个仆人收了自己不少银钱，原本是要他们怠慢疏忽四小姐，没想到却背地里对她千好万好！

苏霜岚毫不担心，那两个仆人以为四小姐回府后会告状，早就跑了个无影无踪。

谈氏假惺惺地点头："好，我会派人去寻，四姑娘放心便是。"

苏霜岚心中暗笑，又问道："这么些年在外面住着也惯了，没想到父亲会突然接我回府。之前只听下人说是因为要给王爷选妃，却不知是哪位王爷呢？"

谈氏心想终于问到正题了，瞒也瞒不住，便微笑道："荣亲王。"又怕苏霜岚发作似的立即补充道，"所有皇子中第一个封王的荣亲王呢！"

苏霜岚故作吃惊地呆愣半晌，余光瞟到苏芸和苏莹在偷笑。

谈氏心中亦是嘲讽，面上却仍是好言劝道："荣亲王身份显赫，家底丰厚，你嫁过去又是嫡王妃，这一辈子荣华富贵享用不尽哪！"

苏霜岚忽地站起，大步向外走去。苏莹眼疾手快，一把拉住她："你去哪里？"

苏霜岚冷哼着说道:"我当是主母良心发现接我回府与家人团聚,没想到竟是要推我入火坑!与其如此,我宁愿老死在外面!"

谈氏没想到她的反应会如此激烈,连忙起身拉住她的手安慰道:"啊呀!我的四姑娘,你这是说的什么话?荣亲王再怎么不好,也终归是个王爷,更何况还曾是威名赫赫的常胜将军,皇上眼中唯一的太子人选!你怎么说是火坑呢?"

"夫人也说,是曾经。"苏霜岚转眼看向谈氏,一双清亮的眸中尽是冷厉的寒光,"既然这么好,怎么不让大姐和二姐一起嫁进去共享荣华?"

谈氏一时语塞,苏芸不耐烦地说道:"你是愿意住在外边随便嫁给个小厮或是摊贩,还是嫁给荣亲王一世衣食无忧?这么简单的道理你不懂吗?"

苏莹给苏芸使了个眼色,连忙对苏霜岚说道:"四妹妹别误会,大姐也是希望你好。再说了,荣亲王是什么身份?嫡王妃必须是官居高位的世家嫡女,我与大姐的身份哪能配得上,自然只有四妹妹才配做荣亲王妃啊!"

谈氏又被人提到了扶正的身份,恼怒地瞪了苏莹一眼,却被苏莹用眼神压下。苏霜岚故意装作被苏莹吹捧得有些自鸣得意的样子,苏莹趁势挽着她的手继续说道:"四妹妹别看荣亲王现在有些败落,但他毕竟是皇子,说不定哪天又重新赢得皇上喜爱了也未可知,到那时四妹妹可就风光了呢,我们整个苏府都要仰承四妹妹关照呀!"

苏霜岚心中暗笑这位苏二小姐的口才,脸上却还是一副犹疑的模样:"可是听说那荣亲王身有残疾,还面目狰狞可憎……脾性也是喜怒无常,对下人动辄打骂……我可不愿意嫁给这样的人。"

谈氏解释道:"这不过都是讹传,荣亲王乃是前皇后所生,前皇后的姿容仪态你想必是听过的,荣亲王怎么可能面目可憎?至于双腿残疾——被战事所伤,也是没法子的事,但太医院有那么多医术高明的太医,总有一天会治好的。"

苏霜岚听着她们说这些自己都不相信的鬼话,本想嘲讽一番,却在听到"荣亲王"三字之后,一直无法愉悦起来。

他的每件事她都清楚,每个伤口,无论是身体上的还是内心的,她都一清二楚。那些因她而起的缘由和祸端,她实在做不到和这三个不相干的人继续嘲讽他的一切。

正在此时,只听府外仆人高声通报道:"将军回府——"

当下谈氏和苏莹拉扯着苏霜岚前去面见父亲,苏芸一脸不耐地在后面跟着。苏霜

岚本也没有打算就此离开苏府,便半推半就地跟着她们去见苏将军。

苏正通刚从宫中回来,按以往的习惯径直走入书房,听着仆人汇报今日府中诸事,被伺候着擦手洗脸,换过家常便服,又吃了些茶,方才安稳坐下,等着与那十三年未曾谋面的女儿相见。

她长成什么样子了呢?苏正通竟一点儿也想象不出来。他的前任夫人文氏清秀可人,说话细声细气,永远温柔如水,他曾那么喜爱文氏,现在却连她的脸是什么样子都有些想不起来,更何况这个女儿。

文氏生产当日,原本一直很顺利,但后来产婆说有血崩之兆,孩子生出来之后,文氏到了下午就说不出一句完整的话了。而他当时正在谈氏的房里,紧张地看着咳嗽不止的谈氏。

他到现在都记得那时的感觉,谈氏那微蹙的眉目,是如此美艳动人,楚楚可怜。

所以,尽管他面对文氏临终的切切叮咛,含泪答应一定会好好把女儿养大成人,最终也全都忘怀在谈氏那美艳的眉眼之后了。

但他也没有完全忘记这个被养在外宅的女儿,一切吃穿用度都与另外两个女儿一样,只是他也从来没有去查证过那些银钱物品到底是不是用在女儿身上了。

他本来打算女儿嫁龄一到就给她寻个门当户对的好亲事,也算是对得起死去的文氏,却没想到荣亲王选妃的事先落在了自家头上,面对谈氏的眼泪,他一向没有什么招架之力。

荣亲王。

苏正通想起这个人就有些头痛。以前的荣亲王拥有帝王的无上宠爱,自身也是风流倜傥,在政务和战事上都颇有建树,当然有些不可一世,不把任何人放在眼里,苏正通也生过不少闷气。

可自从那件事之后,荣亲王更让人头痛了,因为只要谁不小心提起荣亲王,皇帝就会毫无征兆地大发雷霆,迁怒于众,让人无所适从。

可若是好一阵子没有人提起荣亲王,皇帝又会拐弯抹角地训斥臣子的遗忘,真是让人不知如何是好。

从宫中传出的消息来看,苏正通的官阶最高,皇帝最属意于苏府的女儿,看来自己这个才回府不久的女儿势必要成为荣亲王妃了,真不知是福是祸……

"老爷,快看看是谁来了。"谈氏的声音在门口响起,苏正通整顿了心神正襟危

坐,门被推开,只见在谈氏和苏莹的簇拥之间,一个清丽明媚的年轻女子款款而入。相比于谈氏的美艳绰约和苏莹的含苞待放,苏霜岚的美似乎刚刚好,是让人愉悦舒适的美好。

苏正通无法将眼前的苏霜岚和从前那个五岁的怯懦女孩联系起来,十三年的时光太长,隔绝了他对女儿的一切想象。

苏霜岚看着他迷茫中带着惊叹的眼神,低眉顺眼地微微一笑,蹲身福礼,轻声说道:"父亲。"

苏正通抬手扶起她:"坐吧。回到自己家,不必如此客气。"他想起仆人报备过她的名字,看似随意地说道,"霜岚,这名字是谁给你取的?为父给你起的名字不喜欢吗?"

苏霜岚刚刚落座,又起身点头行礼:"自女儿住在外宅之后,每每想起自己的名字便会不由自主地想起死去的娘亲,总觉得是自己的出生才给娘亲带去了不幸,所以……"她双目微微蕴泪,看起来楚楚可怜。

苏正通心头不由得一阵愧悔,文氏曾经的千般好万般善悉数涌上心头。

他舍不得责怪这个被自己忽略多年又马上要所嫁非人的女儿,连忙按她坐下,抚慰地说道:"为父只是随便问问,想不到牵起你的伤心处了。你喜欢叫什么都随你,只要你觉得舒心便是。"

谈氏冷眼旁观,心中不由得感慨丛生。当年将这个嫡女赶出去真是无比正确的决定,有如此收放自如的手段,各种场面都能应付自如,若留在府内,到现在是谁当家可真是不一定了。

苏芸见他们父慈女孝地说着家常话,更为烦躁焦虑,大剌剌地开口道:"父亲快劝劝四妹吧,她根本不愿意嫁给荣亲王,刚才还吵着要离开呢。"

苏正通似乎并不意外,只是看了苏霜岚一眼,并没多说什么。

苏霜岚礼数周到,再次起身轻声道:"女儿不比大姐二姐,这些年来跟在父亲身边耳濡目染,既有大家风范,又能打理府中诸事,女儿不会的事情太多,恐怕入宫之后会给父亲添麻烦。再者,女儿虽是嫡出,在家中毕竟行四,若有大好前程,怎么也应当让大姐二姐先去。"

苏莹和谈氏对视一眼,均利箭般地冷眼看着苏霜岚。苏正通却并不觉得这番假意客套有何问题,忽然说了一句:"都出去吧,霜岚留下。"

谈氏急道:"老爷……"

苏正通挥挥手:"都下去。"

谈氏不敢再说多余的话,苏正通一向说一不二,也不喜欢有人反驳他。她对着不服气的苏芸使眼色,与苏莹一道将她拉了出去。

苏霜岚不明白苏正通的用意,不过她并不惧怕。

《大昭国史》上写得清楚明白,苏正通为人耿介,出战英勇无惧,是名垂青史的武将,对待家人也甚为和善。

爷爷让她把《大昭国史》发生改变的前前后后都背得滚瓜烂熟,当时她觉得这毫无必要,现在看来真是很有用处。

果然,苏正通的语气十分和蔼:"这些年在外独自生活,你受苦了。不过我单独留下你并不是要说这些,三日之内,宫中的教礼嬷嬷就会入府,两个月之后你就会入宫,再之后——"他意味深长地看着苏霜岚,"不知是福是祸。我本以为你会逃跑,毕竟你在外多年,其实逃避是件很容易的事。"

他这是在怀疑她的来意。也对,一个从不被父亲挂念的孩子,怎么会愿意为了所谓的家族荣宠去牺牲自己一辈子的幸福呢?

苏霜岚并不惊慌,低眉顺眼地回答:"父亲可知道这些年,女儿是靠什么过活吗?"

苏正通没料到她会这样问,一时不明所以:"什么意思?"

"父亲给的银钱、衣饰、用具,大部分都被两个仆人中饱私囊,女儿与一般小摊贩家的女儿过得没有什么区别,要自己缝制衣裙、煮饭烹茶、扫洒房屋,病了还要自己去医馆看大夫,甚至会挨饿受冻,久病不愈。"苏霜岚完全能想象苏蓉过的是什么日子,她如实诉说着苏蓉的遭遇,明显感觉到苏正通的震动。

"所以,如果女儿以后能衣食无忧,坐享荣华,即便是荣亲王这样的火坑,女儿也甘愿跳下去。"苏霜岚的这句话说得十分诚恳,引得苏正通半晌没有说话。她心里暗暗得意,虽然她没打算嫁给荣亲王,不过入宫确实是她完成目标的重要手段之一,即便是个大火坑,也要勇敢地跳下去。

有些酸涩的感觉在苏正通心中涌起。

再如何不亲近,她毕竟是自己的女儿,被自己疏忽怠慢了十三年。

是在怎样艰苦的磨砺之下,才会让这个花一般的女儿心甘情愿嫁给一个双腿有残疾且失宠的男子?

苏正通盯着苏霜岚看了半晌,叹了口气:"此事已经无法改变。为父能做的,只

有极力支持你,成为你的强大后盾,达成你的愿望。"

苏霜岚等的就是这句话,否则也不必装出一副可怜模样。

毕竟入宫后各方面都需要银钱打点,还要凭借苏正通的地位势力来笼络人心、排除异己,这些复杂诡谲的情境,只靠她自己是无法顺利在宫中生存的。

她立即微微含泪浅笑,对着苏正通福身行礼,柔声说道:"女儿身后,终于有父亲在了。"

苏正通略略哽咽了一下,手放在苏霜岚的肩头:"需要什么,尽管开口。"

"多谢父亲。"

尽管谈氏并不情愿,但碍于苏正通的命令,她还是拿出了五千两银子为苏霜岚进宫做准备,并且命人为苏霜岚准备各类衣衫鞋袜首饰。

苏芸和苏莹也以礼相待,没有来找过她的麻烦。毕竟苏霜岚代表的是整个苏家,必定不能寒酸,也不能传出什么家中不睦的消息。

苏霜岚过了几天嫡出千金小姐的悠闲日子,宫中的教礼嬷嬷卢氏便到了。来了之后她却什么都没做,只是跟在苏霜岚身后,观察她的言行举止。

苏霜岚不动声色,没有多问一句话,有礼有节地对待嬷嬷,如常进行自己每天的各项事宜。

直到十天后,卢嬷嬷才满意地对苏霜岚说道:"沉得住气,不多问奴婢一个字,放得下身段,待奴婢恭敬有礼,这头一关,苏小姐算是过了。"

苏霜岚浅笑:"多谢嬷嬷,不知道后面还有几关呢?"

"倒也不多,学会了宫中礼仪,经过奴婢的考核,就能择日入宫了。"卢嬷嬷笑意吟吟,"不过日后在宫中如何,还要看姑娘自己的造化,奴婢是半点儿也无法教导的。"

苏霜岚了然地点点头,很快地往卢嬷嬷手里塞了一包物事,微笑着说道:"也不敢指望嬷嬷费心劳力,只盼望嬷嬷能指点一二,就感激不尽了。"

卢嬷嬷见惯了与她塞银钱珠宝的伎俩,不甚在意地接过来,却在捏住的一刻神色微变。

这……这包东西,摸起来竟像是金光玉雪石!

苏霜岚料到她会有这样的反应,只是含笑看着她。在这位卢嬷嬷进府之前,苏霜岚早已向父亲打听了她的来路,知道她在宫中侍奉多年,在宫人中颇有威望,现在又

是皇帝近前侍奉的领头女官，一定要与她打通关系。

但她为人圆融玲珑，看似人人交好，却没有真正投靠的主子。虽然所有人都想拉拢她，但她的所求，不是轻易能办到的。

卢嬷嬷从未嫁过人，却有一个身患重病的弟弟，每天都需要金光玉雪石为药引来续命。

这金光玉雪石并非凡品，乃是极北雪山顶上栖息的最猛烈的巢鹰，用来垫窝的物事，无人知道这些巢鹰是从何处叼来的，但每颗金光玉雪石都药效非凡，一颗价值千金。

平日里若是有人送给卢嬷嬷一颗金光玉雪石，她必定会帮人做一件事以作为答谢。于是，苏霜岚恳求了苏正通，将积攒多年的金光玉雪石拿了一些出来。苏正通曾经出征极北，收集了不少金光玉雪石，只是作为珍藏而不被人知晓。

而现在，卢嬷嬷手中这一包里面，至少有十颗，足够她的弟弟用一年之久。她当下激动不已，几乎要跪下答谢，被苏霜岚一把拉住：“嬷嬷这是做什么？不过几颗石头，放在我这里一点儿用处也没有，若能帮上嬷嬷的忙，那就是这些石头的荣幸了。”

卢嬷嬷平复了情绪，立即回归正题：“姑娘的恩德，奴婢记下了，绝不敢忘。不知姑娘所求何事？”她压低声音，“是否希望在正妃遴选时，要奴婢将姑娘淘汰？”

苏霜岚见卢嬷嬷开门见山，自己也直说道：“我知道成为荣亲王正妃备选的世家女子们，都要在宫中侍奉一段时间，不过到底是在哪位主子跟前侍奉，是由嬷嬷您说了算的。”

卢嬷嬷想着皇帝冷面严厉，叶贵妃挑剔多疑，于是揣摩道：“是不愿意去皇帝跟前，还是不愿意去叶贵妃跟前？”

"是希望嬷嬷，一定将我派至皇帝跟前伺候。"苏霜岚浅笑，"而且，一定是近身侍女。"

卢嬷嬷先是不解，后又恍然道："难道你，意在皇上？"

苏霜岚笑出声："嬷嬷在说什么，怎么可能？嬷嬷也知道以我的身份，皇上最终属意成为荣亲王正妃的人，很大可能就是我。而我却不能故意表现糟糕而被排除在外，这样会给苏家丢脸。我希望能近距离接触皇上，慢慢让他明白和接受我不愿嫁给荣亲王的事实，而且不牵连家人。"

卢嬷嬷缓缓点头："虽然算是兵行险招，却也不失为一个好办法。姑娘有

心了。"

苏霜岚也不管她到底是不是真的相信,一个劲地道谢:"到时还希望嬷嬷多多指点,我在宫中可是无亲无故呢。"

卢嬷嬷连连应承,苏霜岚又补充道:"金光玉雪石若是用完了,还请嬷嬷尽管告知,我一定想尽办法让嬷嬷用之不尽。"

此后卢嬷嬷除了教导苏霜岚宫中礼仪之外,还将宫中各位主子的脾气秉性、喜好忌讳一一说了个详细,连带宫中各个派系,各路人马的实际主子,都仔细清楚地告知,省去苏霜岚日后很多麻烦。

虽然《大昭国史》已经背得烂熟,但其中的细枝末节哪里会有如此详尽?苏霜岚将卢嬷嬷所说的话牢记在心,为日后进宫做充分的准备。

两个月很快过去,卢嬷嬷向宫中请了旨,约定好入宫的黄道吉日,全府上下都开始忙碌起来。

苏霜岚按照规矩每日沐浴清心,大门不出二门不迈,静等着入宫那一日的到来。

没想到宫中很快传来消息,荣亲王向皇上上书,婉拒了选妃事宜,气得皇上大发雷霆,于是一直执行此事的内官便向各位准备进宫的世家女子传达了消息:暂不入宫,静候旨意。

这消息一传出来,除了苏霜岚之外,几乎所有的备选世家女子都松了一口气。谈氏立即变了脸色,吩咐下人对苏霜岚的吃穿用度不必太过费心。

苏莹和苏芸也不似从前那般恭敬有礼,有时对她态度颇为傲慢。

苏霜岚对此不以为意,她只是有些担心皇帝真的会撤销选妃,那么她要以什么途径入宫接近皇上呢?

卢嬷嬷并不知道她的想法,安慰道:"看,这世上的事就是千变万化没个准头,说不定你不用费尽心思说服皇上,就不用嫁给荣亲王了呢。"

苏霜岚在心里暗暗吼道:"这个白痴,不知道自己正在推拒大好的命运吗?把九天玄女的话完全不放在心上啊!"

深夜,苏霜岚换上了夜行衣,蒙上面纱,急匆匆地跳墙而出,向着荣亲王府奔去。

荣亲王府。

靠近书房的湖边，一个消瘦的男子坐在轮椅上，静静看着湖水荡漾微波，沉寂得仿佛一尊雕像。

管家成安在距离不远的地方默然伫立，带着些许心疼的神色轻声说道："王爷，时辰不早了，回去安歇吧。"

荣亲王没有回答，全部的神思似乎已经融在那荡漾的湖水中，清冷而孤寂。

成安暗暗心酸，从前王爷多么意气风发，王府每日里都能听到他的豪爽笑声，还有他的爱驹发出的阵阵嘶鸣……而今，自从王爷受伤之后，王府里的马都被放生了，王爷的笑声更是再也没有听见过……而王爷总是独自这样静静坐在湖边吹风，一坐就是几个时辰……

成安暗暗叹气，想走过去给王爷披件衣裳，就忽然听见一个清脆的声音在头顶响起："自怨自艾有意思吗？"

成安被吓到，抬头就看见墙头站着一个人，看身段是个女子，一身黑衣飒飒，蒙着黑色面纱，腰间却有暗红色的缎带在随风摆动，整个人透着一股神秘而妖娆的气息。

仿佛在哪里见过。

荣亲王却没有回头，连动也没有动一下，整个人如死水一般寂静。

苏霜岚站在墙头等了半天，也没见荣亲王有点儿反应，她顿时有些恼了，不管不顾地喊了一声："慕容峻！你忘了你母后是怎么死的了吗？"

成安震惊得几乎站不稳，这女子不仅直呼王爷名讳，还大声喊出王爷最为忌讳的伤痛！

这满朝文武全都不敢轻易置喙的皇家秘辛，这女子为何敢冲口而出，并且好像什么都知道？

慕容峻的眼里笼罩着一层寒霜，缓缓转过来的目光充满了冷厉的迫人气息。苏霜岚毫无畏惧地迎上他的目光，继续咄咄逼人："隆山之战，你本已大退敌军，为何事到临头突然落败？为何你会毫无预兆地被敌人围攻？为何被围时毫无反抗之力导致腿残难行？"

苏霜岚终于看到慕容峻的眼中翻江倒海，不再是一潭死水。

然而只不过是转瞬，慕容峻眼中掀天的波澜已经悉数隐退，他仿佛将自己更深地裹藏起来，声音能冰冻一切地说道："关你什么事？滚！"

苏霜岚直接从墙头跳了下来，几步走到慕容峻面前，大声呵斥："我看你不是腿

残了,是心和脑子都残了!受到打击,颓废一阵子是正常的,可你都消沉三年了!有意思吗?我都跟你说了你的伤会被治好,你失去的一切会重新回到你身边,为什么你都不好好想想以后,为自己以后的人生打算打算?每天对着湖水看看看,能看出朵花儿来啊?你怎么不投湖自尽啊?"

成安听得心惊肉跳,连忙插嘴阻止:"姑……姑娘……"

"闭嘴!"苏霜岚和慕容峻同时出声喝止,吓得成安一个字也不敢再说。

慕容峻那冷厉的眼神重新出现,紧盯着苏霜岚道:"别再编造什么九天玄女的鬼话,本王从不信鬼神!从本王出生的那一天起,哪一天少了算计本王的人和事?虽然你救过本王,但如何证明那不过是你想拉扯本王陷入另一个更深的陷阱?本王不相信任何人的鬼话!何况是你这样来历不明却知晓一切的女子!"

苏霜岚不怒反笑:"我说王爷,你现在还有什么值得别人算计的?你还怕失去什么?"

慕容峻阴沉地盯着她,没有说话。

"命吗?"苏霜岚继续说,"怕死吗?你现在这样活着,跟死了有区别吗?"

慕容峻脸上的寒意更甚,但眼中明显有了一丝颤动,最终在苏霜岚的凝视下转开了目光,冷冷地说道:"你走。本王的事,不要你管。"

"懦夫。"苏霜岚冷冷地嘲讽道,"自己不帮自己,就算是大罗神仙也帮不了你!"她冷哼一声转头就走,慕容峻却回过头追随着她的背影,神色复杂。他没料到她会突然又转了回来,一副好笑的样子看着他,语气调侃,"怎么,还是不甘心吧?"

慕容峻吃瘪地微微垂下眼眸,苏霜岚趁势说道:"跟我打个赌吧。"她不容慕容峻开口拒绝,继续说道,"我赌你的父皇不过是震怒一下而已,绝不会跟你为难,反而还会继续为你进行选妃事宜。"

"绝不可能。"慕容峻立即反驳,"他已经厌弃了我。"

"赌不赌?"苏霜岚用力一跺脚,"要是如我所言,你以后就不能再自暴自弃,必须一切听从我的安排。"

"若你输了呢?"

"那还不简单,"苏霜岚粲然一笑,双眸仿佛初升的新月,"你就当从来没有我这个人出现过好啦。"

慕容峻没有回绝,像是默认了。苏霜岚在他面前打了个响指:"说定啦!"

慕容峻被她那"啪"的一声响指愣住，见她转身要走，一句话脱口而出："你叫什么？"

苏霜岚暗自一笑却没有回头，很快翻上墙头，跳下去跑远了。

慕容峻的目光停在墙头，半晌没有移动。成安揣摩着主子的心思，小心翼翼地说道："王爷，您看，要不要查查这位姑娘的来历？"

慕容峻的嘴唇微微动了动，原本想说的话生生忍住，他低头看向自己的双腿，声音依旧清冷彻骨："不做指望，才是对自己最好的保护。本王，不会再相信任何人。"

成安看着主子仍旧一副冰冷得不可靠近的模样，难过地摇了摇头。

果然如苏霜岚所说，皇帝不过是气了一阵子就过去了，之后跟无事发生一般，隔天就开始询问备选的世家女子们何时入宫。卢嬷嬷很快接到了内宫传旨，苏府上下立刻忙碌起来。

谈氏带着苏莹苏芸前来探望了一回，说了些客套话，称赞苏霜岚淡然自若，没有被突发事件影响。

苏霜岚面上淡淡接受赞美，心里都要笑出声了：不管是之前的还是之后的历史，自己都了若指掌，这淡定可还真不是装出来的呢。

此外，各个与苏正通有交情的、拉得上关系的达官显贵，都陆续前来道贺。一时间苏府门庭若市，谈氏忙得不亦乐乎。

唯一有些意外的是，苏正通亲自将苏霜岚叫到书房，细细告诉了她一些人的名字。这些人要么是在宫中当差，要么是与宫禁有千丝万缕的联系。

苏霜岚明白，苏正通的亏欠之心是一方面，为苏府筹谋未来才是更深的含义。但这都对她十分有利，当下谢过父亲，又表达了一番维护苏府利益的决心，苏正通满意得连连点头。

初六这一天清晨，宫中的软轿便抵达苏府正门。

苏霜岚早已换好了普通宫女服饰，在卢嬷嬷的引领下坐进软轿。苏正通和谈氏带着全府上下在门口恭送，一派风光和谐的景象。

苏霜岚坐在软轿内，一路平稳地向着皇宫进发。

她心中生出些许忐忑，不知那在史书和传闻中都异常险恶的深宫之中，到底有什

么正在等待着自己，也不知道自己的最终目标是否会达成，甚至无法预料自己会不会在这其中身首异处……然而，她必须勇往直前，只为爷爷的宿命病痛和自己搅乱他人命运的歉疚。

不多时已经到了宫门口，苏霜岚在卢嬷嬷的提示下出了软轿，发现还有四顶软轿立在一边，正是其他四位备选的世家女子一齐到了。虽然穿着相同的宫装，苏霜岚却一眼看见其中一个娇丽女子甚为出众，站在那四个女子之间颇有鹤立鸡群之感。那女子显然也在关注着苏霜岚，对着她微微一笑，轻轻点头。苏霜岚微笑回礼，卢嬷嬷在她身边轻声说道："那是户部侍郎家的长女孙芳妍，在京中一向颇有才名。"

卢嬷嬷带着五位备选女子缓缓向宫中走去，沉重的宫门在她们身后闭合，发出"吱吱嘎嘎"的闷响。宫中的肃穆庄严立刻感染了五个年轻女子，其中一个狠狠地咬着牙，终究轻哼一声，似乎在小声呜咽。

卢嬷嬷走在她们身侧，用异常严苛冷静的声音说道："一旦跨过那道宫门就该清楚，此后的自己已不全然只是自己而已！甚至你的眼泪，都不再代表你自己的喜怒！你这是要让宫中尽人皆知，你罗家并不愿意送女入宫备选王妃吗？"

那位三品官员罗家的次女罗云竹已经吓得浑身发抖，不知是腿软还是害怕，"扑通"跪在地上，颤抖地说道："不，不，我……我没有那个意思……"

卢嬷嬷俯视着她："姑娘不该跪奴婢，若姑娘有朝一日成为荣亲王正妃，奴婢真是承受不起。"

罗云竹想站起来，却抖得站不起来。孙芳妍看了苏霜岚一眼，和另外两个女子一样没有动。苏霜岚一把扯住罗云竹的胳膊将她拽了起来，低声喝止："把眼泪擦了！"

罗云竹惊得一怔，连忙掏出帕子擦了眼泪。卢嬷嬷示意她们继续前行，有些琢磨地看着苏霜岚的背影——这个凡事都积极果敢的女子，来皇宫的目的，真的如她所说的那般单纯吗？

苏霜岚却有些后悔自己方才的举动，因为她已经敏锐地发现，这来来去去看似毫不相干的宫人们，很有可能已经将刚才的事情牢牢记在心里，正赶着去向主子禀报。

果然一入宫门深似海。苏霜岚暗暗提醒自己，日后一定要谨言慎行，三思再三思。

叶贵妃吃着新进贡的水果，宫女轻轻给她揉着肩膀，一宫女跪在她面前，正在细细禀报早晨入宫的五位世家小姐的详细情况，以及她们在宫道上发生的事情。

叶贵妃的眉眼一直含着笑："哟，这宫里可好久没热闹了，一个明哲保身的孙芳妍，一个懦弱胆小的罗云竹，还有一个看起来路见不平，却不知是不是想要拉拢人心的苏霜岚，光是这三个人凑在一起就够有趣了，何况还有两个没出招呢。"

给她揉肩膀的心腹宫女灵翠轻声说道："娘娘，谁知道她们是不是装出来的，还是要盯紧些才好。"

叶贵妃轻笑："盯紧自然是要盯紧的，尽快找出其中最没用的人来，最好还是能为我所用的，塞进荣亲王府，一切就没有后顾之忧了。"

备选的五位世家女子被安置在繁芜院内,每人一间卧房,都紧紧挨着,每日里同进同出,吃食用具也都一模一样,在卢嬷嬷的照管下再次温习宫中礼仪和禁忌,不断熟悉宫中各个宫室的位置。

五天以后,卢嬷嬷宣布了她们各自的去向,苏霜岚与孙芳妍都被分配去御前伺候,罗云竹去了叶贵妃那里,另外两个女子去了太后那边。

苏霜岚对这样的安排早有预料,叶贵妃有意试探她们五个人,一定会把看起来最有心思的人送到皇帝身边,在最苛刻谨慎的环境里才能显露真实的人品心性。而叶贵妃对她们的最初认知,除了她自己的眼线,最多的就来自卢嬷嬷。至于其他三位女子的去向背后到底有什么缘由,她也顾不上多想。

不管怎样,自己算是达成了最初目标。苏霜岚暗暗给自己鼓劲。

次日清晨,苏霜岚和孙芳妍换好御前宫女的装束,跟随卢嬷嬷进入皇帝寝宫泰安殿,准备服侍皇帝起身。

皇帝的贴身太监姜图站在龙榻边,恭敬地打开床帘。皇帝已经坐起,随意瞟了瞟她二人,对卢嬷嬷道:"你倒是放心,不多调教几日就带到朕眼前来了。"

卢嬷嬷连忙跪下赔笑道:"皇上万福金安!奴婢哪敢把没调教好的人带到皇上面前让皇上烦心?定是玲珑剔透般的乖巧才会带来呢。"

皇帝看起来并不如传闻中那般严厉,竟笑了笑。卢嬷嬷暗暗递过一个眼色,苏霜岚连忙上前递上湿润的帕子,皇帝接过去细细擦脸,不经意地说道:"你倒是逆来顺受,甘愿为不是一母同胞的妹妹们入宫备选?"

苏霜岚心里一跳,没想到考验来得这样快。她恭谨地答道:"启禀皇上,无论前事如何,入宫这件事与臣女所求不谋而合,所以甘愿为之,并非被迫。"

"哦?"皇上似乎来了兴致,"你所求,是什么?"

苏霜岚一字一顿地答道:"臣女所求,不过是一世安稳,常见父亲罢了。"

皇帝忽然怔在那里,半晌说不出一个字来。

苏霜岚要的就是这个效果。

她清楚地知道,皇帝曾有一个特别疼爱的小公主,却在嫁人前夕患重病过世了,在弥留之际拉着皇帝的手说:"父皇,女儿所求,不过是一世都如现在这般安稳,出嫁之后也能常常见到父皇罢了,为何……为何老天都不给女儿这个机会?"

这位小公主的死,是皇帝心中永远的遗憾和伤痛,多年来宫中都无人敢轻易提及。苏霜岚接近皇帝,想赢得他的信任,却又担心皇帝对自己生出别的想法,也必须尽力维护自己的周全,于是她想借着与这小公主有些相似的特点,让皇帝生出一些怜惜女儿的感情,借以保护自己。但这一招也十分危险,万一皇帝不怜反怒,那就偷鸡不成蚀把米了。

苏霜岚忐忑地等待着皇帝的反应,卢嬷嬷在宫中多年,自然知道皇帝为何愣怔,一时有些心焦,却也不敢开口说什么。

站在一旁的孙芳妍有些诧异,同样不敢言语。

好在皇帝没有再说什么,将帕子递给苏霜岚,眼神看向孙芳妍。

孙芳妍连忙递上洗漱用具,认真侍奉着。苏霜岚默默退后几步,皇帝始终没有再说一句话。

皇帝穿戴齐整,在姜图的侍奉下去上朝了。按例,御前侍奉的宫女也要跟随至偏殿,以便随时听唤。

苏霜岚跟着卢嬷嬷,眼看着皇帝进入议政殿,三个人一同在偏殿等候。

卢嬷嬷十分沉得住气,什么也没有说。孙芳妍还是一副稳重淡然的模样,虽然时不时看苏霜岚几眼。

苏霜岚没有心思理会她们的想法,只是从偏殿通向议政殿的那道门往外看去——皇帝端坐在龙椅上,殿上群臣屏气凝神,奏报事宜有条不紊地进行着。

苏霜岚四下一扫,并没有慕容峻的身影。

她想起史书上写着:"每逢早朝,荣亲王最为意气风发,善辩且多谋,往往是最能给皇帝出主意的人。"然而在爷爷强行扭转局势之后,那史书上赫然变成了"皇帝三年不曾召见荣亲王,他也再不曾出现在宫中。五年后,郁郁而终"。

爷爷竟如此轻易地,就改变了一个人终生的命运,而且完全没有痕迹。

群臣中有人上奏:"启禀皇上,大约十日后南华国使臣入京,译文司却没有一位译者懂得南华古语,微臣请皇上示下……"

皇帝脸色已变,一脸山雨欲来风满楼的神色,紧盯着群臣。

上奏的人忽然不敢再说,"扑通"跪在地上,其余大臣也都纷纷下拜,连声说着"皇上息怒"。

苏霜岚清楚,这整个大昭国会南华国古语的人只有三个,其中两个,一位几个月前病故,另一位因丧子之痛忽然失踪,唯一一个懂得的人,正是荣亲王慕容峻。

而慕容峻,却是皇帝近三年来从不开口提及的名字。

曾经最受宠爱的皇子,最有希望继承皇位的四殿下,却因隆山之战的大败,和其中牵扯不清的叛国通敌嫌疑,以及再也无法行走的双腿,被皇帝看作耻辱,弃如敝屣。

苏霜岚紧紧盯着皇帝的脸,想看清他的一切表情变化。然而皇帝那愠怒的神色只持续了转瞬,忽地起身拂袖而去。

姜图忙不迭地喊了一声"退朝",紧跟着皇帝走进偏殿。

皇帝坐下,卢嬷嬷示意奉茶,孙芳妍将早已冲泡好的茶碗端在皇上面前,皇上却没有接,也没有拒绝,眼神明明灭灭,不知道在想什么。

孙芳妍不知该如何,微微侧头看向卢嬷嬷。

卢嬷嬷还没说话,偏殿侧门突然走进一个人,直接跪在皇帝面前:"父皇息怒!千万保重龙体!"

众人连忙跪下行礼:"六殿下金安!"

竟是六殿下慕容峰——逆天转势后的最大受益者。

皇上子嗣不多,除去夭折的和资质愚钝的,可堪大用的就剩下四皇子慕容峻和六皇子慕容峰,而皇帝一向偏疼慕容峻,不仅因为他能文善武、机变百出,还因为他是皇后所出。

皇帝与皇后洛氏青梅竹马,情深义厚。慕容峰是叶贵妃的儿子,在隆山之战中单枪匹马营救陷入敌手的慕容峻,回京后立即成为名声赫赫的太子人选。

苏霜岚低着头看不见皇帝的表情,只听慕容峰又说道:"儿臣定在三日内找到一位会南华国古语的译者!父皇切莫忧心!"

"找不到的。"皇帝的声音倒是很平静,"南华国古语已失传多年,除了南华皇族,根本没有人会。"

慕容峰试探地说道:"那……不如儿臣去请四哥……"

"肃穆朝堂之上,你是打算让南华使臣觉得,偌大的大昭国,只有一个残疾人会南华国古语吗?"皇帝并没有发怒,声音却透着清冷。

慕容峰不敢再说:"儿臣考虑欠妥……"

皇帝挥了挥手:"下去。"

慕容峰低身行礼,很快退了出去。

今夜乃是苏霜岚当值。皇帝在政务房批阅奏折,叶贵妃前来请安,还带着吃食,皇帝都没有什么胃口，闲话了几句就让她退下了。苏霜岚站得离皇帝很近，她清楚地看见，桌案上那一沓奏折，很久都没有动过。

皇帝一直对着手中的奏折发愣，思绪早已飘远。

看来慕容峻在皇帝心中仍有分量。不管是好的还是坏的，至少皇帝从未遗忘他。人与人之间的感情，最怕的是漠不关心，而不是恨意和嫌弃。

有爱才会有恨，如今皇帝对他的失望难堪不愿提起，都源于曾经对他的喜爱期望太过厚重。

只要还在意，就好办。苏霜岚暗暗想着，决心再赌一次。

"夜深了，皇上早些安寝吧。"她轻轻出声，小心地提醒着皇上。

皇上微微一怔，他身边的姜图有些被吓到的样子，一个劲地对苏霜岚使眼色要她跪下，苏霜岚只当没有看见，继续说道："越到深夜，烛火越是晃眼，皇上当心眼睛。"

皇上抬起眼看着她，有些迷惘，又有些感慨。

苏霜岚像是突然反应过来似的很快跪下，连连说着："臣女僭越！臣女僭越！请皇上责罚！"

皇上似乎在轻轻叹息，陷入回忆般说道："朕的楚心公主，也这样说过，父皇，早些安寝吧，父皇，烛火晃眼，要小心眼睛呢。"

"臣女罪该万死！怎敢与公主相提并论？"苏霜岚的头磕在地上，可她能听出来，皇上并没有责怪她的意思。

"起来。"皇上轻声说道。

苏霜岚缓缓起身，皇上的声音却突然有些凉意："是谁告诉你楚心公主的事情？"

苏霜岚没料到皇上会生出怀疑，立即平缓诚恳地答道："臣女对楚心公主知之甚少，方才听皇上提起才知晓。"

皇上紧盯着她的双眼，苏霜岚并无畏惧，按照礼数微微垂着双眸，神色淡然。

"即便你是刻意——"皇上思忖地看着她，"似乎没有什么理由能让你刻意。利用朕最宠爱的公主来夺得朕的好感？然后呢？勾引朕？若朕将你看作女儿又怎能再把你纳为自己的女人？如若不然，你是当真想嫁给荣亲王？"

苏霜岚仍是淡然平和的样子："臣女不太清楚皇上的意思，不过，臣女大概能想到皇上为何有所怀疑。臣女方才对皇上所言，不过是一个女儿对待父亲的普通言

行，"苏霜岚的眼睛微微泛红，"臣女能见到父亲的机会不多，尽孝的时间少之又少，不自觉就对皇上说出了那些话……"

皇上一时没有作声。从前的楚心公主虽然最受疼爱，但皇上政务繁忙，加上宫内规矩颇多，有时一个月也不过见个三四面而已，再逢皇上出巡之类，一两个月没见面也实属平常。

那时的楚心公主，也常常撒娇地抱怨见面时间太少，吵吵闹闹地拉着她的父皇离开政务房……

苏霜岚抬起眼睛很快地瞟了一下皇上，知道皇上陷入了回忆。

重要的是，慕容峻也十分疼爱这个小妹妹，经常带着她去骑马狩猎，和她一起陪伴在皇上左右。

那些时光，大约是皇上作为一个父亲最为珍惜的吧？而现在，一个死，一个伤。

提起他人从前的欢愉与痛楚，是对，还是错？可为了将脱离轨道的历史拉回原位，一切都无可奈何吧？苏霜岚心中一阵叹息。

荣亲王府。卧房。

"没想到都被那位姑娘说中了呢！皇上没有怪罪，选妃还在正常进行呢。"成安喜滋滋地对着慕容峻说道，"看来皇上心里还是有王爷的呀，王爷可不能再这样灰心丧气了……"

慕容峻神色清冷，并未在意成安的话，只是忽地抬眼瞟了一眼窗边，继而说道："你来了。"

从窗外翻进来一名黑衣男子，摘下面纱，垂首站立在慕容峻面前，恭谨地说道："王爷万安。"

这人正是慕容峻的心腹封平，轻功极为了得，使得一手快刀，一直跟随王爷左右，为王爷打探各路消息。

慕容峻点点头，封平汇报道："确如王爷所料，南华国使臣一行人中，那位百胜将军瀚木也在其中。据属下观察，他们一行人似乎信心满满的样子，肯定有什么阴谋诡计，但属下听不懂他们的古语，所以也无法确定。"

慕容峻的脸色变得冷若冰霜，目光如刀般锋利，撕扯着疼痛的过去。

隆山之战的最后，他已经大败敌军，正带着军队追击敌方的将军瀚木，可不知怎的，仿佛突然天旋地转，待他反应过来之后，已经深陷埋伏，瀚木的长枪正对着他的腿刺了过来，瞬间贯穿了他的一条腿，血流如注！他顾不上剧痛，瀚木拔出长枪又是一刺，对准他的心口！

他虽知道无力回天，却仍本能地挥手去挡，只听"哐啷"一声金属碰撞的响动，一个人大力将他拉起，抱上马背迅速逃走了。

救他的人，正是他的六弟，慕容峰。

他从未想过自己有一天会被这个六弟所救。

从小到大，他都是六弟乃至全部皇家子嗣的榜样，无论文韬还是武略从未输给过谁，父皇也经常将自己带在身边，享尽了作为一个皇子的全部尊荣。而眼下，他正狼狈不堪地坐在六弟的马背上，由他保护着自己逃出险境。

直至今日，他仍然清晰地记得那种耻辱感。当时的惶惑震惊与羞耻困顿，甚至超过了他腿部的疼痛，让他完全没有在意腿上还血流不止。

然而更为诡异的是，他因失血过多昏迷三日，醒来之后看到的是周围人的冷眼嘲笑，直到六弟开口："四哥，你为什么通敌叛国？"

他惊怒之下斥道："你胡说什么？"

慕容峰忧虑地看着他："瀚木抓到了，他手上有与你来往的书信，证明是因为你的泄露，才让我们中了埋伏，至于你被他刺伤，他是要杀人灭口，没想到被我们俘虏。"

"荒唐！"慕容峻大怒，"我堂堂大昭国四皇子，为什么要通敌叛国？"

"四哥……纵然我相信你，那些书信……"慕容峰为难地说道，"四哥，我还是要将你押解回京的……"

"你敢？"慕容峻厉声呵斥，"凭他一面之词，你怎敢押解我？"

而最后，虽然慕容峻并没有被锁在囚车里，却还是被软禁在马车里，有专人看守，一路回京。

回到宫中的他，本以为父皇会还自己清白，可谁料那些书信早已到了父皇手中，他连皇上的面都没见着，就被宣了旨："荣亲王刚愎自用、一意孤行，实乃隆山大败的罪魁祸首，又兼通敌卖国之嫌疑，念其曾对敌从无败绩，勒令回府闭门思过，无召不得入宫！"

自此，门庭若市的荣亲王府变得门可罗雀，整天大门紧闭，冷清得仿佛没有人居住。

慕容峻的思绪被成安的轻声提醒拉了回来，他的神色很快又恢复清冷平淡："上次已经说过，这些事，不必向我汇报。"

封平知道王爷的脾性，也了解那些过往，顿了顿继续说道："属下认为他们是针对王爷而来，王爷不可不防。

属下跟踪他们多日，发现那瀚木手中有一份地图，虽然看不懂写的什么，但凭直觉像是割地的凭据。"

慕容峻神色一凛，想起当年诽谤他通敌卖国的谣言之中，确有一项是与南华国割地，以求获得他们的支持登上大位。他的双眸被寒意浸染，吐出三个字："杀了他。"

"王爷万万不可！"成安连忙阻止，"这样一来，岂不更让人怀疑王爷确实通敌？王爷何不趁此机会证明自己的清白？那位姑娘也说过，王爷的一切冤屈都能洗刷的！"

"你相信一个来路不明的陌生人？"慕容峻轻哼，"这世上，没有无缘无故的事情。"

封平接道："那位姑娘，根据成管家的形容，属下也顺道查了查……不过，什么线索都没有，仿佛真是凭空出现的。"

"可老奴真的有点儿相信呢……"成安嘟囔一句，在慕容峻的瞪视下立刻闭了嘴。

封平也说道："王爷三思，使臣一行明日就进入大昭国境内了，若死在这里，又要挑起两国干戈。王爷从前不是经常说，不到万不得已不可开战，避免生灵涂炭？"

"从前的荣亲王，早已死了。"慕容峻给成安一个眼神，成安无奈地推着他离开了。

皇宫。政务房。

皇帝接连几日都在为南华国使臣来访的事情烦心。群臣四下寻访，也没有找出一个会南华国古语的人来。想起南华国每次前来都以此嘲笑大昭国无人，皇帝的眉头就没有舒展过。

苏霜岚静立在皇帝身侧，知道自己决不能贸然提出请荣亲王前来的提议，否则必有杀身之祸。正在着急，忽然外面太监通传："启禀皇上，叶贵妃求见。"

皇帝微微点头，姜图朗声道："宣。"

叶贵妃袅娜而入，身后的宫女提着一个很大的食盒，正是罗云竹。罗云竹行礼后微微抬眼，对着苏霜岚轻轻点头，算是打过招呼。

叶贵妃温柔地看着皇上，声音软糯轻柔："皇上累了一天了，怎么也要吃点儿东西的。"她递了个眼色，罗云竹立即上前，将食盒里的几碟小菜、鸡丝白粥、水晶饽饽都端出来放在皇上面前，叶贵妃上前轻轻按住皇上双肩："皇上，您就用一些吧，看在臣妾的薄面上。"

苏霜岚微微侧目，这叶贵妃整个人柔媚入骨，几乎要酥到骨子里，哪有男人招架得住？然而她再仔细一看，不由得大惊。这叶贵妃，竟然是那晚出现在自己家中的人！

苏霜岚永远也无法忘记那个雨夜。

傍晚时分，爷爷就勒令她今夜不准进入后院，说是有贵客来访。但她还是偷偷躲在后院一角，惊诧地看着后院中央莫名其妙就出现的一个女人。

一个穿着典雅高贵的华美妇人。

苏霜岚跟随爷爷避世多年，如无必要，基本不与大昭百姓接触。虽说对大昭女子服饰也有所了解，但未曾见过如此精美繁复的衣衫配饰，只觉得那妇人周身艳丽奢华，一派高贵雍容之气，但她眉梢眼角写满了焦虑忧心，正对着爷爷说："你很清楚我是为何而来，今晚就进行吧，已经不能再等！"

爷爷似乎并不情愿："逆天转势此等大事，怎么可能说进行就进行……"

美妇人不耐烦地打断："荣亲王得胜在即，皇上已经流露出等他凯旋即立为太子的意思，眼下再不进行，我的峰儿就再也没有机会了！"

爷爷一时沉默，看起来根本不想继续这场对话。美妇人轻哼一声："我叶家对你族人的恩德，你全都忘了吗？不用还了吗？"她一伸手，一块玉佩丢在爷爷怀里，"承诺都是空话吗？"

爷爷微惊，拿起玉佩在手中摩挲着，良久才问了一句话："你想怎么改？"

美妇人的笑容里透着杀意："让他死。"

爷爷似乎早已料到这个结果，没有说话也没有点头，像是默认。

美妇人嗤笑："跟你有什么关系？他是你这辈子都不可能认识的人，悲天悯人做什么？最后一次了，这次之后，我不会再找你。"

爷爷轻轻点了点头。

白茶篇：凤命难违 ①

美妇人很快消失不见，像是从来没有出现过。

苏霜岚震惊地看着眼前的一切，完全不可置信。虽然知道爷爷有一些超乎常人的能力，但逆天转势是什么？凭空消失在院中的那个女子是什么来路？这是什么法术吗？

爷爷静坐了一会儿，进入后院他自己的房间。

苏霜岚眼疾手快，将随身携带的一条丝帕迅速打了个结丢了过去，使得爷爷的房门没有关上。

她偷偷从门缝里向内看去，爷爷的面前打开一个圆盘模样的东西，不知道是什么做的，光彩熠熠。爷爷似乎叹了口气，念念有词："交替往复，生生不息，翻手云雨，善念长存。"之后爷爷的左手掌心有淡金色的光芒闪现，他低声念着什么听不太清楚，面前的圆盘却急速旋转起来，仿佛霓虹乱舞一般的光芒浮现又迅速跌落，没多久，那圆盘突然变换方向开始倒转，原本瑰丽的光芒也生出暗黑色，看着十分诡异。

爷爷的表情一直很严肃，但好像渐渐变得有些体力不支的样子，神色痛苦地皱着眉头。

苏霜岚越看越担心，正犹豫要不要进去，爷爷突然摇晃了几下，她连忙一个箭步冲了过去，一把扶住爷爷的身子，却不小心触碰到了那圆盘，不知怎的手臂一疼，几滴鲜血瞬间滴落在圆盘内，很快就被吞没，然而那圆盘却呈现一片殷红的氤氲之象，仿佛蒸腾着鲜血般的雾气。

爷爷大惊失色地看向圆盘，却再也没有体力去弥补，颓然地靠着苏霜岚，叹气道："生机……变成了杀机……真是作孽……作孽……"

苏霜岚顾不上细想爷爷到底在说什么，只一个劲地问："爷爷你怎么样？哪里不舒服？要不要请大夫？"

谁知话音未落，爷爷就昏死过去。

"皇上您尝尝这道小菜，可是臣妾亲手做的呢。"叶贵妃酥麻的声音传来，打断了苏霜岚的回忆。

是她！那晚出现在自己家中又莫名消失的华美妇人，正是眼前的叶贵妃。

苏霜岚虽然知道此行最大的敌人便是叶贵妃，可近在眼前却不免有些紧张。只见皇上就着叶贵妃手中的筷子吃了一口小菜，叶贵妃笑得柔媚如水，关切之意溢于言表，可苏霜岚总觉得她并非只是来关心皇帝这么简单。

果然，皇帝吃过几口之后，叶贵妃缓缓开口："其实，皇上大可不必忧心，臣妾倒是知道有个人会南华国古语呢。"

皇帝正在搅动白粥的手停了停，很快又说道："是谁？"

叶贵妃有些不满皇上并没有流露出欢喜的样子，不过还是娇柔地笑着，从袖中拿出一张信笺向皇上递过来："臣妾可不能轻易说出口，这眼下，不知有多少人等着看大昭国的笑话呢，万一宫中有南华国的细作可怎么办？皇上请看。"

正是此时。

苏霜岚左手一紧，银白色的光芒喷薄而出，周围的一切瞬间静止了。她拿起那张信笺一看，上面写着：南街尾巷岔口左转第一家，吴东。

这个人是谁？居然会南华国古语？苏霜岚来不及多想，立即将那信笺塞进自己袖管，又在桌上找了一张一模一样的信笺，仿照着那字迹写下几个字，重新放在叶贵妃手里。

停滞的时间重新启动，皇上看向叶贵妃手里的信笺，忽地变了神色："这是何意？"

叶贵妃不明所以："臣妾为皇上分忧啊！"

皇上冷笑："你是想试探朕的态度吧！你想看看朕在这样的情况下，是不是会给他一个台阶下，是不是？"

"皇上息怒！"叶贵妃连忙跪下，震惊地看见自己手中的信笺上写着三个字：慕容峻。

叶贵妃惊得手一抖，信笺掉落在地。她一个劲地摇头："刚才不是这样的，不是这样的！明明写着，明明是……"

"还不退下！"皇帝突然怒喝一声，叶贵妃还想再解释，姜图一个劲地使眼色阻止，罗云竹在一旁早已抖得如筛糠一般，连忙上前扶了叶贵妃退了出去。

苏霜岚依旧平静地站在原处，皇帝负手而立，神色阴郁，不知在想什么。姜图跟在皇上身边多年，几番踟蹰，说了一句："皇上，动气伤肝……"

苏霜岚看向皇上，皇上正好回过头来看着她："朕记得以前，你父亲受过荣亲王的气，曾私下与几个大臣商议定要在朝堂上给他一点儿教训，然而当时外敌入侵，你父亲便再也没提过此事，一心支持荣亲王御敌。"皇上走近几步，定定地看着她的眼睛，"你们苏家的人，都会如此行事吗？眼下，若是你，会如何做？"

苏霜岚眉眼低垂，显得恭敬而诚恳："臣女很小的时候就离开了父亲，父亲的这

些事情，竟然一件都不知道呢。只不过，在与父亲见面的那些有限的时间里，父亲告诉过我一句话：没有任何事能抵过民生疾苦，不到万不得已，决不可两国开战。"

皇帝思索着这句话，记忆中那个英气勃发的儿子，也曾这样说过呢。他轻轻叹气，吩咐道："姜图，去荣亲王府宣旨。"他顿了顿，似乎是抒发了胸中积郁多年的憋闷之气，"宣荣亲王在南华国使臣入宫那一日，进宫。"

苏霜岚眉目未动，却暗暗欣慰，艰难的逆转终于迈出了第一步。

叶贵妃面色阴沉，一把一把地撕着面前的花。池旧在一旁默立，声音寒凉："照娘娘所说，只怕是那个能逆转一切的人，已经出现了。"

"出现了？果然出现了？怪不得如此诡异！"叶贵妃将手中的花全部丢在地上，恨恨地说道，"是谁？竟有如此通天的本事，在本宫毫无察觉的情况下就篡改了信笺上的内容！"

池旧微微停顿："虽然不知道那人是如何做到的，但可以肯定，他定有异于常人的能力。娘娘对身边的人都要多加留心，在路上遇到过什么人，皇上那边又有什么人，娘娘详细对我一一说来，我会仔细追查。"

深夜，苏霜岚披着斗篷快步行进在偏僻的宫道上。

皇城以北的角落，此时正有巡夜的侍卫经过，其中一个发现宫墙边有个昏暗的人影，立即借故跑了过去。

苏霜岚站在宫墙的阴影里，看着跑过来的那个年轻男子，低声问道："是苏家的人吗？姓程？"

年轻男子微微一笑："是，我是程玉方，您是苏家大小姐？"

苏霜岚点头，扶住想要行礼的程玉方："客套话就不多说了，我也不能出来太久。你记住，南街尾巷岔口左转第一家，找一个叫吴东的人，不管怎样先扣住他，南华国使臣走之后才能放掉。"

程玉方没有任何多余的话，只答一句："是，大小姐放心，我一定会办妥！"他很快行了个礼，迅速掉头走远了。

苏霜岚也很快往回走。苏正通告诉她的这些隐藏在宫中的人，都是苏家暗养多年的死卫，无论何种要求他们都会无条件地去做，即使付出自己的性命。

荣亲王府。

慕容峻跪在正厅内，沉默地听着宣旨太监宣读圣旨。他的膝盖很疼，几乎不能支撑他自己，背上已经冒出冷汗，可他还是顽固地强撑着，外人根本无法看出他的痛苦。

只有成安，知道王爷已经快要达到体力的极限，一听宣旨完毕，连忙上前搀扶。慕容峻站起身，几不可察地深深吸气。

宣旨太监将圣旨递给他，略带谄媚地笑着："王爷好好准备吧，这可是三年来头一次入宫呢！万岁爷开恩，王爷一定要好好把握……"

"送客。"慕容峻根本没有听完就缓步走了出去，宣旨太监在他背后恨恨地小声啐道："呸！还跟从前一样！若是当场出丑，看你还怎么横下去？"

慕容峻又坐在了湖边。

这三年，他经常坐在湖边吹凉风，即使是冬日里，也经常一坐就是一个多时辰，似乎只有这凉意能让他心底深处的油煎火烤稍稍吹散。

圣旨仍然被他握在手里，只不过那明黄色的绸缎已经被捏得皱皱巴巴，他的指节也因用力而泛白。

这道宣他入宫的圣旨，曾是他在最初遭遇贬斥的日子里最为期望的东西，可如今，三年时光的碾压，已经将期望消磨殆尽，徒留怨怼茫然。

当年重伤而回，父皇又不再相见，身心的双重伤痛刺得他整夜无法入睡。

那时的他发誓要查明一切真相，发誓要重新夺回失去的一切。

可后来呢？一次次从马背跌落，一次次无法顺利行走，府中下人窃窃私语，街道上民众嘲讽的只言片语……他渐渐明白，从前那个被无数人向往崇敬的荣亲王，真的不复存在了。

湖边凉风徐徐，浸透着他的心。他看向自己的腿，挫败和恼恨丛生。

即便与南华国使臣对答如流又如何？甚至，即便能让瀚木承认是污蔑自己又如何？自己这一辈子也只能是个残疾人，再也不可能纵马驰骋，再也无法快意人生！世间的繁华喧闹，对他有何意义？

可他心底深处，却又忽然想起那个来去匆匆的蒙面女子。

她每次都说，一定会治好他的伤，一切都会重新夺回。那么笃定的语气，好像世间的一切都只在她轻轻巧巧的笑容之间，仿佛她真的是上天派来的九天玄女，能给他所有的希望……

他烦乱地摇摇头，随意地将圣旨丢在一边。

封平静静地站在远处,对成安问道:"王爷……会抗旨吗?"

成安忧心地摇头:"这三年,王爷什么都不在乎了,真不知道会做出什么……"

"我倒是有个好消息。"封平微微一笑,走上前去,在慕容峻背后行礼,"王爷,属下有一事禀告。"他也不等慕容峻允准,自顾自地说道,"宫中传来消息,叶贵妃本已找到会南华国古语的人,准备进献给皇上,但不知道为何皇上大发雷霆赶她出来,后来听说,她进献的信笺上竟写着王爷的名字。"

慕容峻眸色一沉:"她又在耍什么花样?"

"属下也不清楚,不过,皇上倒是因此改了主意,宣旨召王爷进宫呢。"

成安也凑近说道:"王爷,看来那位姑娘说的话,都在一一应验呢。"

慕容峻的眸色更为深沉:"封平,再去仔细查,那个……莫名其妙出现的女子,到底是什么来路。"

"是!"封平很是高兴,王爷终于有些反应了。

傍晚时分,巡值的侍卫开始换班,十人一队匆匆而过。

程玉方走在队伍的最后,微微抬眼看向前方走过来的一行侍女,看向其中最后一个人,那个人正是苏霜岚。

侍卫们和侍女们擦肩而过,没有任何交谈。唯有程玉方和苏霜岚的眼神迅速交汇,他给了她一个肯定的眼神。苏霜岚微微颔首,放下心来。

罗云竹站在叶贵妃寝殿门口,微微侧头听着里面的动静。伺候叶贵妃这半个多月以来,她发现叶贵妃有时会令所有侍女退出殿外,一个人在里面不知道做些什么。只有当她轮值靠近寝殿的时候,才能隐约听到似乎有人说话,但完全听不清在说什么。

"罗姑娘。"

听到有人叫自己,罗云竹吓了一跳,连忙回头,苏霜岚正在面前微笑:"吓到你了吗?"

罗云竹笑了笑:"没事的,是我走神了呢。苏姑娘过来所为何事?"

"皇上吩咐,会过来用晚膳,请贵妃预备着呢。"苏霜岚的目光扫了一眼寝殿,"贵妃还在午睡吗?"

罗云竹有些慌乱:"没……没,啊,是……是的,还在……还在小睡。"

苏霜岚盯着罗云竹的眼睛,虽然是微笑着,却让罗云竹感觉不太自在,好在苏霜岚并未追问,仍然浅笑着:"那我便回去了。"

罗云竹看着苏霜岚的背影，莫名有些焦躁，感觉自己像是回答错了什么，怕给贵妃招来闲话，咬咬牙，追上去拉住苏霜岚："苏姑娘，苏姑娘。"

苏霜岚料到她会追上来，仍然是浅笑着："怎么啦？"

"你可千万别误会……"罗云竹有些扭捏，声音也放低，"贵妃娘娘在里面做什么我真的不知道，是不是午睡也不清楚，所以才回答得乱七八糟……你可千万别误会啊……"

"我没有误会，你放心。"

罗云竹欲言又止，差点儿抓耳挠腮，支支吾吾地说道："宫中是不是有传闻……说贵妃娘娘，她……她身边有一个……一个……"

苏霜岚故作好奇："一个什么？"

罗云竹的脸憋得通红，声音细如蚊蚋："一个相好……一个来无影去无踪的相好……"

苏霜岚心说：终于说到正题了。面上却迅速比了个噤声的手势："嘘——说什么呢？也不怕被别人听见把你拖去杖责三十！"

罗云竹有些害怕的样子，却仍是嗫嚅着说："难道你没听说吗？这事儿在宫里早就传开了，只不过没人见到过那个人的真面目罢了……"

果然存在这样一个人。苏霜岚心里迅速思索：野史中有记载，叶贵妃几次被怀疑与人有染，却都因为证据不足而作罢。但叶贵妃身边一直有一个行踪难辨的人，一直是宫人们私下议论不断的流言。

而爷爷十分肯定地说过，这个人一定真实存在，并且是叶贵妃身边最重要的谋士，还极有可能有着异于常人的能力。

若要扳倒叶贵妃，必须除掉此人，但她连这个人长什么样子都不清楚。而这个人现在，极有可能就在叶贵妃的寝殿之中。

苏霜岚继续与罗云竹说着话，左手却暗暗紧紧一握。银白色的光芒从她的拳头中渗透出来，一切都静止了。她迅速冲向叶贵妃的寝殿，推开房门径直走了进去。

叶贵妃静静地坐着，保持着方才喝茶的姿势。她的身后立着一个人，一个周身都笼罩在暗色长袍里的男人。

苏霜岚十分小心地伸手，揭开了他的帽子，不由得被他的脸惊得倒吸一口凉气！

这是一张刀疤密布的脸庞，两侧脸颊全都是密密麻麻的伤痕，透着残忍可怖。然而最让苏霜岚吃惊的并不是这些恐怖的伤痕，而是他额头上的一个标记。

他额头正中靠右的地方，有一个状如缭绕的烟雾的黑色标记，阴森古怪。苏霜岚不敢再多做停留，连忙轻轻将他的帽子重新盖好，飞快地冲出寝殿，回到罗云竹面前，保持着刚才的姿势。

时间重新运转起来。

罗云竹依旧说着自己的揣测，苏霜岚面上和气微笑镇定自若，心里却是一阵阵发寒。那个状如缭绕烟雾的标记，正是爷爷千叮咛万嘱咐遇到万万要躲得远远的——不死人。

他们是这世间特异的存在，据说是服食了上古秘法中的不死药，虽会老去，却永远也不会死亡。即使被砍杀、被下毒、被焚烧、被水淹……都无法让他们死去。

自己要对付的敌人中，竟有一个不死人！而他身后，是否还有更多的不死人为之效力？或许还有什么别的奇人异士？苏霜岚觉得整个头都疼了起来，这局面也太棘手了！

第四章 王府惊心

"六殿下万安！"罗云竹的行礼声惊醒了苏霜岚，她连忙福身行礼问安。只见一抹锦色衣摆从眼前晃过，轻声说了句："都起来吧。"

苏霜岚起身看向六殿下慕容峰的背影，想起史书上的内容，若是按照逆天转势之后的发展，他最终会继承皇位，成为一个安享荣华富贵的快乐皇帝。然而若是按照从前的发展，他的下场……

慕容峰突然回头，苏霜岚连忙收敛了自己有些唏嘘的表情，微低着头。慕容峰对着罗云竹问道："谁在里面？"

"回六殿下的话，没有旁人，是贵妃娘娘在午睡。"罗云竹声音轻巧，没有一丝颤抖。

慕容峰神情复杂地看着寝殿那紧闭的大门，沉吟了一会儿，又说："你去通报。"

罗云竹略一犹豫，上前对着寝殿内喊道："启禀贵妃娘娘，六殿下觐见。"

内里很快传来叶贵妃的声音："请他进来。"

慕容峰神情稍霁，迈步走了进去。

叶贵妃安逸地躺在矮榻上，悠闲地看着走进来的儿子微笑。慕容峰略略环视一周，什么都没有发现，这才上前行礼。

叶贵妃也不戳穿他，笑着问道："这是从哪里来？你父皇晚上会过来，你也留在这里吧。"

慕容峰没有接话，而是说："南华使臣一行已在今早进京了。"

叶贵妃的表情变得凝重起来："约你见面了？"

"有人传话来，约在今晚见面。"慕容峰有些不安，"吴东不见了，不知道去哪儿了，完全找不到他了。"

叶贵妃一惊："什么？怎么会不见了？被杀了？除了我们，有谁知道他要入宫？"

"不清楚，反正就是不见了，怎么也找不到。"慕容峰一脸担忧，"他好歹会几句南华古语，如今不见了，可要去哪里再找一个人来？"

叶贵妃微微冷哼："敌人都出现了，还不知道人在哪里，真是奇耻大辱！"转而，她又冷笑起来，"有什么要紧？今晚知会瀚木，先商议好要说些什么，到时候随便找一个人顶替便是！反正也没有人能听得懂瀚木到底在说什么，那还不是咱们说什

么就是什么！"

"可父皇已经下旨要四哥入宫司译了啊！"

叶贵妃眼中的寒意更深："若是他进不了宫呢？"

这一晚乃是孙芳妍当值。傍晚时分，她随着皇帝去了叶贵妃寝殿侍奉晚膳，苏霜岚空闲下来，在自己的房间里随意地看书。忽然，一个物件突然从窗外向她袭来，她眼疾手快地接住，迅速冲出门去，却没有发现任何人。她狐疑地打开那揉成一团的字笺，上面只有一个浓墨写的"四"字，却在"四"上面画了一个大大的红叉。

她立即反应过来，这是有人在提醒她，四皇子将要被杀。她来回看了几遍，在这字笺上看不出任何其他信息，便将字笺烧了。到底是谁在提醒她，这会是个陷阱吗？

掌夜时分，孙芳妍突然回来了。苏霜岚本就没有睡沉，听到动静便起身出门，正遇上孙芳妍推门进自己的屋子，就问道："今晚换了当值吗？"

孙芳妍有些疲惫地说道："没有，只是皇上发了好大的脾气，把我们都赶出来了。姜总管留下了几个常年侍奉的人，让我先回来了。"

"出了什么事？皇上不是在叶贵妃那里用晚膳吗？"

"本来好好地用着晚膳呢，六殿下也在，三个人说说笑笑还挺融洽的，谁想到忽然来了线报，说是南华使臣这次来是要求割地的。"

苏霜岚心里"咯噔"一下，这一切都与史书上一模一样！史书有载，南华要求割让边境十三城，在六殿下的艰苦斗争之下改为割地五城，维持住了边境安定。而正因此事，朝中大臣们对于立六殿下为太子的呼声越来越高，终于在三个月之后将六皇子正式立为太子，而皇上则在两个月后就暴毙了。

阴谋，一定是阴谋！

孙芳妍不知道苏霜岚心里翻江倒海，继续说道："皇上不知怎的又说起了从前隆山大败，突然就掀翻了桌子，气鼓鼓地走出贵妃寝殿，还不许任何人跟着。"

隆山之战。

正是这场战役，改变了所有人的命运。那原本并不能与大昭国相提并论的南华国，竟在这次战役中胜利，且侵占了大昭国将近两成的土地，从此摇身一变，成为能与大昭国抗衡的敌对邻国。

"本来好端端的，叶贵妃还说着能让四殿下入宫司译再好不过，皇上虽然没什么表情，却也没有反驳，都是那突然来的线报给破坏的。"孙芳妍叹息，"怎么我当值

的时候,皇上的心情都不太好呢?"

苏霜岚听着她的话,立即相信那字笺的警示定是真的。一心想弄死慕容峻的叶贵妃居然会替他说好话,这一定是暗地里打好了算盘,已经有了阻拦慕容峻入宫的方法。而这方法,便是杀之。

孙芳妍见苏霜岚有些心不在焉,便道:"不早了,回去歇着吧,我也乏了呢。"

苏霜岚点头告别,回到房中立即换上了夜行衣,敏捷地跳上墙头,避过重重侍卫,向着荣亲王府奔去。

荣亲王府。

慕容峻合上一本南华国古书,正准备就寝,就听见一阵轻微连续的"嘀嗒"声响。那声音他太熟悉,从前深入敌后探听消息,飞檐走壁是他经常上演的戏码。他凝神静听,推测来人大约有六个,从轻功来看,功夫都不弱。这六个人似乎轻车熟路,很快纷纷聚集到了他的房间四周,一个在窗外,一个在门外,另外四个在房顶。

自隆山之战后失宠至今,王府的守卫已不如从前那般森严无隙,他也无心去管,觉着即便有人来刺杀自己也无所谓,死了都比苟延残喘着强。不过从前总有封平带着心腹侍卫在周围护持,所以一直安全无虞,而今,封平为刺探瀚木的消息经常不在府内——今夜注定不会平静。

转瞬之间,屋外已有兵刃相交的撞击声响起,只是速度极快,几乎三招之内就分了胜负。王府内的侍卫完全无法与这些高手相提并论,只有被宰杀的份。

那六人重新慢慢向着屋子靠近。

慕容峻微微眯起眼睛,周身泛起寒意。然而他望了一眼搁置在兵器架上的长剑,却没有拿起来的意思。

何必为难自己呢?虽然功夫没忘,但再也不是从前的灵便之人,举剑抵抗不过是自取其辱,还不如一死解脱。

刀剑的寒气已经逼近,房间的正门"轰"地被踹开。

慕容峻并无丝毫惧色,漠然地看着走进来的两个黑衣人。然而却只听得"嗖嗖"两声,黑衣人突然都倒在了他面前,每人背上插着一枚梭状暗器。

屋顶上的响动更为激烈,似乎那四人正在与人交手缠斗。

莫非是封平回来了?可是封平并不用暗器啊。

慕容峻正在疑惑,只听屋顶上一声暴喝:"慕容峻你还不出来帮忙?你是死人吗？"

那声音竟然十分熟悉，听得慕容峻心里一惊。他立即转动轮椅向屋外行去，却在门口生生停住，硬着口气说道："没人请你来，打不过便逃吧！"

屋顶上的人气愤不已，直接骂了一句："浑蛋！"

慕容峻一怔。

长这么大，从没人敢骂他是浑蛋。

屋顶上力迎四敌的，正是趁夜而来的苏霜岚。

她本来只是想提醒慕容峻注意加强戒备，没想到刚一来就遇上有人行刺。她心里一阵哀号：我这是什么命啊？来到这里就是给你收拾烂摊子的命啊！

结果她在这边拼命，那边慕容峻还不领情，一副不管她死活的气死人不偿命的模样。

她虽然恼怒，手下却丝毫没有放松，迅速拔出袖管中的匕首，左一刀右一刺结果了两个人。她余光瞥见管家成安奔了过来，连忙大叫："把慕容峻给我推出来！"

成安不敢怠慢，连忙奔进屋内推起慕容峻就往外走。慕容峻喝道："放肆！"成安哆嗦了一下，却仍然没有停下，径直将他推出了屋外，正对着屋顶苏霜岚的方向。

只见苏霜岚还在与两个人对峙，拳法古怪却十分实用，让那两个人有些措手不及。但毕竟是个女子，力气上差了几分，对阵两个男人似乎还是有些吃力。

慕容峻默默地看着，成安忍不住紧张地念叨起来："王爷快出手啊，九天玄女有危险啊！"

慕容峻没有出声，目光却一直追随着屋顶上的那个人。她仍旧是一身黑衣和黑面纱，腰间那暗红色的缎带随着她的动作而不断摆动，飘飘摇摇、缠缠绕绕，仿佛在不断地召唤他出手。

成安再次忍不住出声："王爷，您就帮帮九天玄女吧！她这……这还不是为了您在拼命吗？府里的侍卫都不顶事，万一九天玄女伤到了可要怎么办？"

话音未落，慕容峻的手已经扬起，一柄短剑"咻"地飞了出去，直直刺入了刺客的要害。

苏霜岚眼见着面前的敌人倒地，趁着另外一个人分神的空当，一个手刀劈了过去，直接劈晕了他，从房顶滚落到地面去了。

成安放下心来，欣喜地看着自家王爷。

慕容峻神色依旧，仿佛刚才出手的并不是自己。

苏霜岚从屋顶跳下来，站在慕容峻的面前俯视着他，冷哼道："见死不救——果真心也残了。"

成安一阵心惊肉跳，这位九天玄女说话为什么总是让他紧张冒汗？他微微侧眼看去，慕容峻倒并没有恼怒，只是略带探究疑惑和些许戒备地看着眼前的女子。

"看来不用我提醒，你这儿已经不安全了。"苏霜岚四下一扫，微微皱眉，"堂堂荣亲王府，就没一个可用之人吗？"

"你管得是不是太宽了？"慕容峻的声音清清冷冷，透着寒凉之意，"本王的死活，与你无关。"

"谁在意你的死活？"苏霜岚的言语更冷，"本九天玄女在乎的，是大昭国与南华国无辜的千万百姓！纵然你有千般冤万般苦，你仍然锦衣玉食高床软枕，比那些每日吃不饱饭流离失所的百姓不知道要好多少倍！从前在意民众性命大于一切的荣亲王，怎么？不过是废了双腿，就将人命都视若草芥了吗？"

一字字，一句句，敲击在慕容峻的心上，振聋发聩。

他半晌没有说话。这些道理他何尝不懂？只是伤痛自卑压抑愤怒……种种情绪包裹着他，几乎将他的心与眼双双蒙住。

苏霜岚却没有放过他的意思，继续冷言冷语："从前跟随你出生入死的将士，为你舍弃性命的随扈，指望着你振兴朝纲的臣民——他们的希冀，就全毁在你的一双腿上了吗？你的一双腿，比千万人的性命和指望都要重要百倍吗？"

慕容峻的双眸晕染了浓重的哀伤和自责。

成安半是激动欣慰，半是难过不安地看着王爷。这三年来，心腹、好友、臣子、仆役……前来劝说的人换了一拨又一拨，却没有一个敢像这位姑娘一样，字字见血，句句戳心。

"为你而死的人，因你而死的人；为你而活的人，因你而活的人，"苏霜岚更靠近了一步，盯着他的双眼，强迫他看着自己，一字一顿地说，"他们在你心里，都算什么？"

慕容峻内心波涛翻滚，起伏不定，眼中的火光明明灭灭，却忽然偏转了头，生硬地说道："不要再装什么九天玄女，你到底是谁？"

苏霜岚轻哼："该知道的时候你自然会知道。你连死都不怕，还怕我骗你，引你入陷阱吗？"

慕容峻几不可察地深吸一口气，缓缓说道："我心如止水，不愿为任何人、任何事，再掀波澜。"

"喊。"苏霜岚不屑，"你说的话自己信吗？既然心如止水，那你是打算抗旨不入宫了？"

慕容峻看向她："即便入宫，也不过是徒增耻辱罢了。"

"因为不良于行？"苏霜岚瞟了一眼他的腿，"我不是说了会治好你吗？你完全没听进去啊。"她自顾自地从随身小包里拿出一个小瓷瓶递到他眼前，"喏，给你，这里面的药一天吃一颗，能暂时麻痹你的双腿神经，让你感觉不到疼痛，入宫那天吃三颗，你就能在正殿上站立一个半时辰，足够你应付南华使臣了吧？"

慕容峻没有接，只是望着她，神色复杂。

苏霜岚不管不顾地将瓷瓶塞进他手里，命令似的说道："记得吃！"说罢转身就翻上墙头，却又站在墙头回过身来，恶狠狠地说道，"慕容峻！你可千万别死，给我好好活着！你要是死了，我也饶不了你！"

成安张大嘴巴看着苏霜岚翻身不见，结巴地说道："这……这位九天玄女姑娘……真是十分……十分……与众不同……"

慕容峻低头看着手中的瓷瓶，半晌没有说话。成安有些忐忑地问道："王爷……不会扔了吧……"

"你似乎，已经相信了她。"

"老奴也不知道为什么，"成安有些感慨，"总觉着这位姑娘是真心为了王爷好，总觉着她是可以信托之人。"

慕容峻没有再说话，只是摩挲着瓷瓶，一下又一下。

成安看着周围的刺客尸体，问道："王爷，这些垃圾，如何处理？"

慕容峻仍旧看着手中的瓷瓶，声音凉薄："回赠给他们的主子。"

"是。老奴明白。"

成安带着下人去收拾了，慕容峻抬眼看向天空，竟已微亮。那个总是凭空出现的女子到底是谁？总是在自己遭遇危险的时候出现，似乎洞察一切先机，又好像真的是上天派来警醒自己的。自己的一切仿佛都在她的掌握之中，而自己对她，却一无所知。

"王爷，王爷？"

慕容峻回神，封平站在眼前："王爷，属下来迟了，真是该死！"

"无妨,本王无碍。"

"听成管家说,又是那位姑娘出手相救,是吗?"

"嗯。"

封平略略犹豫,小心地说道:"依属下看,她会不会是南华国那位……爱慕您的……"

慕容峻神色一凛,封平微微低头,声音小了一些:"在驿馆,属下好像看见她了。不过她身着男装,属下并不十分确定。"

记忆中那个突然冲到两军对峙的阵前,大声喊着愿意和亲的小姑娘,再次鲜活地闪现在慕容峻的脑海里。只不过当时,他已经完全压制住了敌军,一心求胜,看都没有看她一眼。

"怎么可能?"慕容峻否定道,"堂堂一国公主,何必如此为我这么个……废人?"

"但她确实一直没有招选驸马……"

慕容峻打断他:"你来,就是为了说这个?"

封平连忙正色道:"属下已经查明,瀚木此次前来是要求割地,他看上了边境沿线的十三座城池,并且已经屯兵驻扎,若皇上不同意割地,他会立即发兵。"

"贼心不死,贪得无厌。"慕容峻低沉地说出这八个字,有些咬牙切齿的意味。

封平难得看见王爷眼中似乎又有了斗志和杀气,连忙追问道:"王爷要怎么做?"

慕容峻握紧手中的瓷瓶,下了命令:"立即召夏侯厉来见本王。"

封平大喜:"是!"

这一早,苏霜岚侍奉皇上用早膳时,看得出皇上的心情欠佳。姜图早有提点,南华国此次为割地而来,皇上十分不悦,但因三年前隆山大败,至今未能恢复兵力,无法与南华国开战,所以进退两难。

苏霜岚如何不知?从前带兵打仗都是慕容峻的差事,他手下的精锐铁骑所向披靡,令人闻风丧胆。然而隆山大败后,他萎靡不振,解散铁骑,再不过问朝中事,南华国又因占据两成土地而大大提升了国力,大昭国再也没有人能与南华兵力抗衡。

苏霜岚仔细小心地为皇上夹菜,皇上有些心不在焉,吃得很少。门外忽然响起太监的通报:"启禀皇上,六殿下求见。"

"宣。"

慕容峰走进来端正行礼,皇上让他坐下,抬手示意苏霜岚添了碗筷。慕容峰谢恩后说道:"父皇,明日南华使臣就要入宫了,儿臣打算今日前去驿馆与使臣会面,看看割地之事是否还有转圜余地。父皇您看——"

皇上抬眼:"你有何把握?"

慕容峰颇为自信地说道:"儿臣训练的骑兵队已经很成气候,应该可以与瀚木的骑兵一较高下,另外,儿臣了解到此次的随行人员中,有一位十分特殊,乃是南华国君最为宠爱的灵萝公主,她曾为求边境安宁而于两军阵前自请和亲——儿臣愿为两国宁定求娶于她,想必公主不会拒绝。瀚木虽是使臣一行头领,但公主的命令也不敢不遵。"

皇帝没有说话,只是一勺一勺地慢慢吃着红豆粥。

苏霜岚微微看向慕容峰,他踌躇满志却有些不安的样子,静静等着皇帝的答复。苏霜岚清楚地知道慕容峰不可能与灵萝公主有任何关系,因为《大昭国史》上清楚地写着:六皇子峰,终身未婚。在逆天转势之后,六皇子登基,皇后姓赵。

皇帝手中的勺子终于放下,不咸不淡地问了一句:"灵萝公主想和亲的人,不是你吧?"

慕容峰有些窘迫,很快微笑道:"此一时彼一时吧,灵萝公主想必也是个聪明人。"

这是明摆着说双腿残疾的慕容峻已经无法与灵萝公主相匹配,贬低得毫不留情面。苏霜岚悄悄瞟了皇上一眼,他面上并没有任何表情,又问了一句:"你找到懂得南华古语的人了?"

慕容峰点头:"虽不如从前的司译那般精准,但也能作为交流之用了。再者,南华使臣大多会我们的语言,只是为了刁难才从不说而已,若儿臣表明是去和谈,相信他们愿意与儿臣以大昭国语交谈。"

皇帝重新拿起了筷子,苏霜岚连忙上前侍奉。皇帝自顾自地吃了几口,说道:"那你便去吧。"

慕容峰得了旨意十分高兴,当下行礼告退。

姜图看向苏霜岚,眼神示意她多加谨慎。苏霜岚表示明白,皇帝开口道:"你去告诉六殿下,割让的城池绝不能超过五座。"

"是。"苏霜岚答应着，很快追了出去。

慕容峰大步流星，苏霜岚在宫中不能暴露轻功，所以追了好一阵才追上。刚要唤一声六殿下，谁知慕容峰却突然转身，两手牢牢抓住了苏霜岚的手腕。

苏霜岚本能地就要出手反抗，硬生生忍住，一脸无辜惊讶的表情看着慕容峰："六……六殿下？"

慕容峰一笑，松开了手："你追我做什么？"

苏霜岚福身行礼，恭敬说道："皇上让我前来传话，割让的城池绝不能超过五座。"

慕容峰微一撇嘴，又笑道："嗯，明白了，转告父皇，我定会好好完成。"说罢又像是自言自语地笑着，"你们这些官家千金不用自称奴婢，听着还真不习惯。"

苏霜岚再次行礼准备告退，慕容峰却凑近她，压低的声音里有些许魅惑："是真心愿意嫁给四哥吗？"

苏霜岚微惊，回答却十分得体："回殿下的话，我只是备选之一。既然进宫，自然明白王命不可违的道理。"

"不必害怕，我不过是随便说说罢了。不过，"他笑着看她，"恐怕这天底下没有一个女子愿意嫁给四哥吧？你若是真不愿意，我倒有一个法子能帮你。"

苏霜岚装作有些惊慌的样子看了看四周，失措地说道："六殿下说……说什么呢？我……我可从没有说过不愿意啊……六殿下可别诬陷我……"

"说了不必害怕，怎么这么紧张呢？"慕容峰的语气十分和善，"父皇已经有三年不曾提起四哥了，眼下为他选妃，想必也不过是怕世人诟病他苛待战败皇子吧。我虽未曾成婚，却也知道这世间女子所期望的，不过是嫁个好夫婿而已，你也一样吧？"

苏霜岚一直微低着头，眼下只是轻轻点了点。

慕容峰的笑容更盛："如果四哥死了，你就自然不用嫁给他了呢，对吗？"他拿出一个纸包塞进苏霜岚手中，"明日使臣入宫，四哥前来司译，按例是要接受皇上赐酒。你只需把这个放进酒里就行。"

苏霜岚眼中一冷，却装着有些腿软似的晃了一下身子。慕容峰眼疾手快地搀她一把，笑得更厉害："怎么胆子这样小？入宫那天不是还路见不平出手相助了吗？"

"这……这跟那个，怎么一样……"苏霜岚的头更低了下去，一副惊恐的样子，

"殿下快别说了,我……我就当什么都没听见……"说罢,丢下纸包便转身要走。

慕容峰一个闪身挡在她面前:"听过的话可以当没有听见吗?"他虽仍然笑着,语气却冷得彻骨:"我也不怕告诉你,同样的纸包,我也给了孙芳妍一个。只有你俩才能接触到四哥,你是正殿赐酒,她是偏殿奉茶。四哥死在你们其中一个人的手里,那么另一个——"他冷笑起来,"一定活不过明晚。"

苏霜岚眸中的寒意更盛,面上却是害怕得要死的样子,身子也微微发抖。慕容峰将那纸包重新塞回她手里,苏霜岚微微颤抖地捏住,慕容峰轻哼一声,很快走远了。

苏霜岚将纸包塞进袖中,心里明白,无论慕容峻是死是活,她与孙芳妍都活不过明晚。慕容峰怎么可能容许两个知晓如此秘密的人活在世上?

世人皆知,但凡女子必不愿意嫁给已经残疾失宠的慕容峻,若是苏霜岚与孙芳妍其中的任何一人毒杀了慕容峻,那杀人动机一目了然,再如何辩白也没有用。慕容峰不能用自己的人去杀人,万一露出马脚牵连自己,他必将再难翻身。即便苏霜岚或者孙芳妍去向皇上告发,也会因为没有真凭实据而无法撼动慕容峰丝毫——皇上怎么可能因为一包毒药就认定自己的儿子要谋杀兄长?

借刀杀人,从来就是一本万利的买卖。

苏霜岚的脑子转得飞快:虽然逆天转势后的史书上写着荣亲王五年后才会郁郁而终,按理说不应该担心他的安危,但爷爷说过,从她进入这朝局的那一刻开始,一切都开始悄然改变,所有的人和事都会因为她的影响而产生连锁反应。所以,她必须保持低调,尽量削弱自己的存在感,潜移默化地影响和改变局势,将逆天转势的后果重新搬回正轨。否则很可能无法挽救四皇子慕容峻,还极有可能使自己也遭遇杀身之祸。

她心里一阵哀叹,这杀身之祸近在眼前啊!真想逃回去继续避世隐居算了!可是一想到爷爷疼痛得奄奄一息的样子,她又咬了咬牙:"我一定能解决!这算什么?"

驿馆。

南华国使臣一行全部在这里暂歇。瀚木作为使臣头领,住在其中最大的一间房内。此时,慕容峰坐在他的对面,笑意盈盈。

瀚木操着颇为流利的大昭国语说道:"六殿下竟然亲自来访,看来你的父皇现在十分信任你。"

慕容峰笑道:"百胜将军依然威风赫赫,你的到来倒是令我父皇十分头痛呢。"

"呵呵，"瀚木笑起来，"他头痛不头痛我管不着，只要你不头痛就好。"他拿出一张地图递到慕容峰眼前，"当初替你诬陷四殿下通敌叛国，那时候允诺的报酬，现在应该兑现了吧？"

慕容峰扫一眼地图，笑容里微带了些凉意："我怎么记得当初允诺的早都兑现了？拿走大昭国近两成的土地，还来兑现什么？"

"哈哈，记性倒是好得很。"瀚木笑着随手将地图放在一边，直接说道，"我这次来，目的是边境上从大善城到英坎城的十三座城池，你若能让皇帝答允，我自会力保你当上太子。"

慕容峰蓦地抬眼，却又略略皱眉："除非你立即让我当上皇帝，否则即便杀了我，我也改变不了父皇的意思。"

"我要是能立即让你当上皇帝，我干脆直接把大昭国变成南华国的属地好了。"瀚木轻哼，"实话实说，若不是南华国现在还不足以一举灭你大昭国，你以为我还会坐在这里跟你商量？"

慕容峰眼神一狠，却也知道他说的都是事实，一时没有说话。

瀚木倒是认真地看了看他，突然又笑起来："你现在，是不是有些想念你的四哥？"他陷入回忆般地感叹，"那是个真正难应付的对手呢。若有他在，恐怕我南华国早已沦为大昭国的属地了。你们皇帝真是天下最大的傻子。"

慕容峰幽暗的眼中闪现着敌意，然而他很快收敛了神色，又是一脸笑意的样子，仿佛刚才的话他完全没有在意："最多四城，否则我无法交代。"

瀚木冷哼："十三城被你减为四城，你当我是叫花子要饭随便打发吗？"

"这是我父皇的意思，我也没有办法。你若实在不肯，只有开战。"慕容峰无奈地说道，"三年前失去了两成土地，如今，我父皇是宁可两败俱伤、鱼死网破也不会再做让步的。"

瀚木眯着眼睛思索，原本十三城也不过是个数字，就是为了讨价还价，而今四城却又太少了些——"五座城，要其中最大的五座城。"

慕容峰装作为难的样子看着瀚木，最终在瀚木的凝视中低下头，无奈地答应："好吧，多了一座城，父皇大概能同意吧。"

瀚木满意地点头，又问："明日入宫，是谁负责司译？"

慕容峰一笑："你那个难应付的对手。"

"什么？"瀚木有些吃惊，"你们皇帝不是根本不召见他了吗？"

慕容峰还未回答，瀚木又大笑起来："你们朝中无人竟已到了这个地步吗？哈哈哈！"

慕容峰终于有些恼了："你大可一直说南华古语，尽可随意刁难，反正没有人听得懂你的要求，何来谈判？"

瀚木笑得更厉害："谁说我要谈判了？咱们刚才不都谈好了？明日不过是走个过场罢了。"他拍拍慕容峰的肩，"年轻人，对我放尊重一点儿，你以后的前程可都决定在我的手里呢。"他拿过两份割地盟书递给慕容峰，"按手印吧，一旦盟约缔结，我一定会鼎力相助，决不食言。"

慕容峰仿佛并不相信地笑了笑："割地是能立即看到的成果，而我如何确定你一定会支持我做太子？"

瀚木指着盟书的最下方落款处敲了敲："看看这里，如果我不支持你做太子，这份盟书于我而言，就是一张废纸。即便明天与你父皇签订盟约，可我知道，现在能调动边境兵马的人是你。若你不发令，那五座城池的守卫顽固抵抗，对我南华可是一点儿好处也没有。"

慕容峰仔细看过去，终于放下心来，亲自填好两份盟书上割让的城池名称和数量，缓慢而慎重地按下了手印。瀚木有些鄙薄地看着他，随后也按下手印，两个人各执一份盟书为凭。

屋顶上，封平已经暗暗观察了很久。他从瓦片缝隙里清楚地看到，那盟书的最后，慕容峰按手印的位置，落款是：大昭国太子慕容峰。

封平轻轻盖好瓦片，悄悄跃下屋顶，匆匆而去。

今日天刚亮，皇上便去了湖边喂锦鲤，姜图在一旁拿着鱼食。苏霜岚和孙芳妍都在身后侍奉，还有数十名宫女跟随。皇上今天很少说话，在湖边已经待了将近一个时辰。

孙芳妍看起来与往日并无不同，还是那样得体谨慎，毫无错漏。苏霜岚暗暗心焦，她想起昨夜用时间静止去查探孙芳妍的房间，四处寻找也没发现那包毒药，不知道孙芳妍藏在了何处。那包白色药粉乃是掺杂了好几种剧毒调制而成，眼下配制解药是来不及了，只能找到毒药进行替换才能救下慕容峻。

再过半个时辰使臣一行就会进宫，孙芳妍现在一定将毒药带在身上了吧？苏霜岚刚想用时间静止再次查探，只见小太监前来禀报："启禀皇上，四殿下入宫了，现正在政务房等候。"

皇上喂鱼的手微微顿了顿，随意问道："怎么来的？"

小太监有些不明所以，姜图连忙用手比画了一下，小太监会意，低声回答："是王府管家推着来的。"

皇上背对着所有宫女，苏霜岚看不清他的表情，只从侧脸看见似乎在微微皱眉。苏霜岚心中胡乱揣测着——这到底是厌弃，还是心疼？

皇上不再说话，继续喂鱼。小太监没有旨意不敢退下，姜图示意他先站在一边，自己上前说道："皇上，您看时辰不早了，是否要去准备一下接见南华使臣的事宜？"

皇上仍然没有说话，手里的鱼食却大把大把地随意丢下，不再仔细投下。姜图一看这阵势立即闭口不言，其他人更是大气也不敢出。

政务房。

慕容峻坐在轮椅上，成安在后面推着他。他缓缓地环视四周，熟悉而疏离的感觉，有些陌生。从前风光的时候，他几乎天天都来政务房，与父皇谈古论今、商讨国策，常常一待就是好几个时辰，连政务房隔壁小厨房的嬷嬷最擅长做什么点心，他都一清二楚。

而今，故地重游，竟有些悲凉。

物是人非。

母后离世前一直念叨着这四个字，她当时的心境，是否与现在的自己一般无二？

慕容峻想起一向康健的母后突然病倒，不到三个月就撒手人寰，不禁暗暗握紧

了拳头。

"王爷万安！"姜图的声音在身后响起，成安连忙将轮椅倒转，自己躬身行礼。

慕容峻看了看姜图，没有说话。姜图也不以为意，自己起身继续说道："王爷，皇上在湖边喂鱼时不慎打湿了衣裳，先行更衣去了，让奴才来通禀王爷，直接去议政殿的偏殿等候便是。"

成安微有难过之色，怕是皇帝仍然不愿与王爷相见。慕容峻倒是一脸了然的样子："知道了。"姜图行礼告退，很快走了出去。

成安有些压抑："王爷，皇上为何……不来相见？"

"为何要相见？"慕容峻自嘲地微微笑着，"父皇他，一向苛求尽善尽美。从前母后尚在的时候，从不会轻易卸下妆容，还要时时刻刻整理衣饰，更不用说宫中大小事务，从不敢有一丝错漏。即便如此，出现了一个更美丽动人的叶卿卿，父皇仍旧抛弃了母后，再不念旧情。何况是我？一个叛国通敌又废了双腿的儿子。"

成安连忙摆手："不不不，不会的，皇上从前那样宠爱王爷您呢！这次宣旨让您入宫司译，肯定是回心转意……"

"走吧，去偏殿。"慕容峻不想再听，成安也不敢多言，推着他向偏殿行去。

皇上正在更衣，只是今日无论怎么整理衣冠，他总是有些不满意，于是一行人都耽搁在寝殿里，半晌行动不得。苏霜岚悄悄看向孙芳妍，发现她的手不停地互相捏着，显得有些不安。

"姜图，"皇上忽然发话，"你安排人去偏殿侍奉吧，毕竟是司译，总不能怠慢。"

姜图连忙答应："是，奴才明白。"紧接着对孙芳妍等四个宫女说道："你们几个，去偏殿伺候四殿下用些茶水点心，切不可怠慢。"

孙芳妍等人应声而去。苏霜岚看向皇上，他似乎有些心不在焉。苏霜岚不敢大意，心中暗暗估算着孙芳妍的行踪——偏殿离皇帝更衣的寝殿很近，孙芳妍此刻应该快到了，然后她应该准备茶水，支其他几个人去准备点心水果，再然后，她会趁机将毒药放进茶碗，递给慕容峻。

苏霜岚的左手用力一握，银白色的光芒从拳中流泻。她连忙运起轻功大步流星，几个飞速腾挪就到了偏殿，正赶上慕容峻拿起茶碗，正要往嘴里送。

她连忙上前将茶碗稍稍移动，放在慕容峻手掌边缘，保持了倾斜的样子。又看了看孙芳妍，只见她虽然微低着头，却是一脸紧张。苏霜岚轻声哼道："你可好好感谢我吧，默默救了你一命呢！"

苏霜岚不敢耽误，连蹦带跳地又迅速奔回了皇帝那边。

时间重新运转起来。

慕容峻的手一滑，茶碗整个摔在地上，噼里啪啦全碎了。孙芳妍吃了一惊，反应过来后，连忙跪下道歉："王爷息怒！都是我不好！我这就收拾！"说着连忙收拾碎片。

慕容峻并未在意，挥挥手让她退下。成安连忙端来水果给他，他也无心再用，微微叹了口气。

孙芳妍心神不定地收拾碎片退了下去，而手边已经再无毒药。她更加不安，不知道要如何向六殿下解释这一切。

皇帝终于收拾妥当进入议政殿，姜图跟随其后，苏霜岚等人在侧门听候差遣。早已等候多时的大臣们三呼万岁，负责迎接外国使臣的司礼官上前高声唱礼，以瀚木为首的使臣一行人走了进来。

苏霜岚站在侧门，议政殿的一切尽在眼中。那个瀚木，满脸的络腮胡子，个头很大，昂首挺胸，表情高傲，看起来十分自信。而六殿下慕容峰，在瀚木经过的时候，他们俩有一个很难察觉的眼神交汇，似乎是暗示着什么。

苏霜岚心中一动，难道是，他们俩的盟约已成？

皇帝面无表情地俯视着瀚木，只是依照礼节稍微客套了一下。瀚木微微一笑，一大串南华古语叽里呱啦地冲口而出，众人皆有些不安。皇帝仍是面无表情地看了一眼姜图，姜图会意地大声说道："有请司译官上殿——"

苏霜岚没来由地紧张起来。这个她争取来的机会，慕容峻会好好利用吗？他有没有听自己的，吃下那些能暂时让他站起来的药丸？他总不会在这种重大场合自暴自弃吧？

一阵轻微的轮椅的声响缓缓而来。

慕容峻，这个消失在众臣视野中长达三年的四皇子，再次出现在议政殿。他依旧是从前的样子，眉目英挺，形容俊朗，只是，再也没有从前的傲然和豪气，整个人似乎带着一种难言的哀伤。更何况，他还坐在轮椅里，更为他添了几许悲凉色彩。

第五章 朝堂显威

偌大的议政殿鸦雀无声,安静得让人几乎不敢喘气。所有人的目光都停留在慕容峻身上,包括瀚木和他的随从们。一时间,没有人说话,只是默默看着慕容峻缓缓地行进着。

苏霜岚心说:啧啧啧,从前你是威风成了什么样儿?看这帮人没见过世面的小样儿!

她紧盯着皇上,想从他的表情里读出他对慕容峻的想法,可皇上看起来有些呆滞,也和其他人一样,默默地注视着慕容峻,看不出任何情绪。

慕容峻终于停了下来,并没有起身,只是抱拳欠身行礼:"儿臣慕容峻,叩请父皇万安。"

皇上回过神来:"开始吧。"

慕容峻转身面向瀚木,语气中带了不屑,用南华古语说道:"刚才,又在大放厥词吗?"

瀚木一笑,也用南华古语回道:"没想到你还会出现,怎么,不自暴自弃了?"

"看来我这三年过得如何,你倒是很清楚。"慕容峻的南华古语十分流利,"怎么,这么关心我吗?"

瀚木笑道:"只是担心自己没有对手罢了。你们大昭国,除了你以外,统统是酒囊饭袋。"

慕容峻回头对着皇帝说:"启禀父皇,南华使臣愿意用大昭国语与我们交谈。"

瀚木诧异地看了慕容峻一眼,慕容峻却完全不理会他。皇帝的脸上终于有了缓和之色,对着瀚木说道:"如此甚好,使臣有话便说吧。"

瀚木还未说话,慕容峻对着皇帝行礼道:"既然使臣愿意用大昭国语交谈,儿臣便告退了。"

皇帝明显没料到慕容峻会提前告退,苏霜岚也是咬牙切齿:给你这么好的机会重新立威,你竟要逃走吗?

瀚木用南华古语对慕容峻说道:"想逃走吗?我到底来做什么的,你一点儿都不关心?"

慕容峻用南华古语回道:"与我何干?"

"真的毫无斗志了?都不想再与我斗一回吗?"瀚木直接拉住要走的慕容峻,完全不顾使臣形象。

慕容峰在一旁有些焦躁,他完全听不懂他们俩在说什么,生怕对自己不利。

皇帝看着慕容峻，这个博学多才、通晓多国语言的儿子，此时是否又在为大昭国筹谋？是否又像从前一样与不怀好意的外国使臣周旋？这种场面，有三年都没看见过了，是吗？

慕容峻甩开瀚木的手，成安推着他向外走去。

瀚木看着他的背影，突然大声用大昭国语说道："大昭国就只有这一个人会南华古语吗？如果这个人走出去，就没有人能为我司译吗？"

皇帝的脸色阴沉下来。

成安担忧地看向慕容峻，却发现慕容峻的嘴角噙着一丝嘲弄的笑意。

轮椅掉头重新行回议政殿，慕容峻看着瀚木，一字一顿地说道："你不是一直宣称，根本不会大昭国语吗？"

瀚木一怔。众臣窃窃私语，纷纷有些看热闹地将喜悦挂在脸上，略略胜出的感觉让正殿的氛围顿时轻松了不少。

苏霜岚在心里"喊"了一声："原来你还有后招！之前还装得一副事不关己的样子！"

使臣团彼此交换眼神，却都还算镇定。瀚木很快微笑起来，假装有些生硬地用大昭国语说道："从前确实不会，最近才学习了一些，还不是十分熟练。"

慕容峻不屑地轻哼，没有再追问。

皇上说道："南华使臣突然到访大昭，不知所为何事？"

瀚木的随从双手呈着一份卷轴，走上前递给姜图，姜图递在皇上面前打开——密密麻麻的姓名排布其上，大大小小形状不一，笔迹也并不相同。

瀚木说道："皇上请看，这是南华与大昭边境上，从大善城到英坎城十三座城池所有民众的签名上书，他们一再表示自愿加入我南华国，脱离大昭国管辖——民意如此，皇上，我南华国君本着亲民爱民、一视同仁的思想，愿意接收这十三城的民众。所以，请皇上同意割让这十三城。"

众臣哗然，低声斥责南华使臣的张狂。瀚木略带挑衅地微笑着："我南华国君一向爱民如子，若是皇上非要违背民意不肯割让，那我国君愿为了这些归心似箭的民众背水一战！"

皇上紧盯着瀚木，眼中的怒火显而易见。苏霜岚只是看着慕容峻，他的表情十分平静，似乎并没有被瀚木的话刺激到。

待众臣稍稍安静下来，慕容峰出列斥责道："南华使臣休要张狂！三年前割地裂土已是奇耻大辱，如今岂容你再来侵犯？即便你有大军驻屯边境，难道我大昭就无人抵抗吗？眼下也不怕告诉你，我所训练的铁骑精锐，已于三日前开赴边境，不日便会抵达！"

瀚木装作略有担忧的样子，看了一眼慕容峰。苏霜岚敏锐地察觉到他俩眼神交汇的内容并不简单，似乎这是早已套好的台词。

皇上看向慕容峰，慕容峰颔首道："父皇，儿臣愿亲率大军征缴犯我国土之仇敌，请父皇允准！"

苏霜岚微微皱眉：瀚木与慕容峰联手演的这出戏，还真是天衣无缝。接下来，肯定是瀚木假意担忧，慕容峰趁机再谈割地事宜，最终各自退让一步，割让五城了事。

果然，瀚木连忙上前道："六殿下为何丝毫不顾边境民众安危，张口便要开战？三年前隆山大败，还没给你们长记性吗？"

慕容峰答道："隆山之战虽败，但此一时彼一时，我大昭国力蒸蒸日上，不可同日而语！"

慕容峻闭了闭眼睛。这两个人张口隆山大败，闭口隆山大败，不断地在他心口上乱刺，其目的不言而喻。他们在提醒所有人他的失败和耻辱，尤其是提醒皇帝不能忘记。

苏霜岚看着慕容峻有些疲惫哀伤的模样，不禁有些为他心疼。

慕容峻清冷的声音穿透大殿："瀚木，你说这卷轴上是大善城到英坎城十三座城池所有民众的签名上书，是吗？"

瀚木没想到他会开口，立即答道："不错。"

"大善城到英坎城一共约有多少民众，你可知晓？"

瀚木想了想："约莫五六万人吧，怎么？"

"也就是说，这卷轴上有五六万人的签名，对吗？"

"当然，无一遗漏。"

慕容峻嘲讽地一笑，双目直直望进瀚木眼中，如利剑一般："这五六万平民，竟然每一个都会写自己的名字？莫不是你一笔一画教他们写的吗？"

"扑哧。""哈哈。""啧啧，真是傻。"众臣中已经有人笑出声来。瀚木没有想到情况会突然急转直下，一时有些反应不过来。

苏霜岚也笑了起来，心说：真是白为你担心呢，见到仇人，你也不会手软的，对吧？

慕容峰应和地干笑着，却十分紧张地看着瀚木。瀚木强硬辩白道："为了归入南华，学着写写自己的名字有何不可？"

慕容峻没有看他，平静地说道："若是这十三城的民众果真愿意归入南华，十三位城主应该联名上书给皇上，而不是给你。这卷轴上，可有十三位城主的签名意愿？"

皇上微微扫视卷轴，姜图大声说道："没有！"

慕容峻抬眼看向瀚木："民众请愿是假，南华夺城是真。瀚木，你还有什么要说的？"

瀚木有些恼羞成怒，冷哼道："既如此，南华只能一战！"

慕容峻并无丝毫忧惧之色，转头对慕容峰说道："六弟，那么就看你的了。"

慕容峰有些慌乱，急急瞥了瀚木一眼。苏霜岚不知道为何心里一紧张，总觉得要出事。

果然，瀚木突然转了口风，看起来气急败坏地对着慕容峻说道："四殿下，荣亲王！我们不是说好了吗？你为什么现在又这样对我？我可是全都按照套路来的，你怎么不按说好的配合我？你再这样我可只能撕破脸了！"

慕容峻的双眸一黯，幽深得几乎要将瀚木吞噬，熊熊怒火翻滚在他的眼中，浑身上下散发着迫人的杀气。瀚木微微退后一些，继续说道："王爷，你可不能害我啊！若不是你说你打听到了你们皇帝最多只愿意割让五城，我怎么可能这么有自信地站在这里？"

皇帝大怒，拍案而起，吼叫出声："混账！"他顺手砸下一个镇纸，却失了准头，砸在慕容峰脚边。慕容峰惊得一跳，连忙跪下说道："父皇息怒！"

这下带动得众臣"呼啦啦"跪了一片，纷纷呼喊："皇上息怒！"

所有人都跪拜在地，只有瀚木仍然站着，还有慕容峻坐在轮椅上。苏霜岚也跪在地上，不过她微微抬头看向皇上，却发现皇上与慕容峻对视的眼神里，并没有她所料想的震怒失望，反而是一种无助的哀伤。

慕容峻有些哀凉却坦荡地看着皇上，皇上久久没有说话。瀚木不明所以地看着他们，苏霜岚看着那失了准头的镇纸，忽然觉得，也许皇上就是砸向慕容峰的？其实皇上心里，早已对慕容峰有所怀疑了？

皇上重新坐下，低声说了句："都起来。朕乏了，改日再议。"姜图知趣地大声喊道："退朝——"

第五章 朝堂显威

苏霜岚起身跟随皇上离开正殿,心想着没有赐酒,倒正好救了自己,免得自己又要暂停时间去伪装打翻酒杯了。

这一夜,皇上一直没有睡意,只是坐在政务房里,不断地批阅奏折。苏霜岚谎称身体不适向姜图告了假,换上夜行衣就急匆匆奔向驿馆。

驿馆。

瀚木也没有睡意,皱眉看着边境地图。房门忽然被推开,一个清秀的男子不悦地说道:"今日你的表现,真是糟糕透了。"

瀚木回身行礼:"公主殿下,您还没有安歇呢?"

来者正是灵萝公主,一身男装打扮。今日大殿之上,她也混在使臣团中。

灵萝颇为不满地继续说道:"与慕容峻对阵,你就没有赢过。你与那个六皇子到底达成了什么协议?我看他是半点儿忙也帮不上。"

"微臣自有分寸,还请公主不必担心。"

"我早就说过,开战对两国都没有好处。"灵萝公主更为不悦,"父王既然愿意派我来,就是同意我的策略,你应该听从我的安排,尽早与大昭国转为和善局面,促成两国和亲之事。几日后再上殿,不准再像今天这样蛮横!"

瀚木也不高兴起来:"公主殿下,您该不会还想嫁给那位四殿下吧?他已经是个残疾人了啊!堂堂南华公主,岂是一个残疾人能配得上的?"

灵萝公主轻哼:"我说过,我是要嫁给未来的大昭国皇帝的,他是不是残了,并不重要。"

"公主殿下仍然看好四殿下会成为未来的皇帝?他的父皇已经有三年不曾召见他了。"

"那又如何?如今不是重新上殿了吗?那个六殿下的手段不及他一半,根本不是他的对手。"灵萝公主低声道,"你也清楚,南华的实力……再硬撑下去,如果四殿下卷土重来,恐怕……"她皱眉道,"最好的办法就是和亲,若我成为大昭国皇后,南华可保千百年的平安无虞。"

瀚木思忖了半晌:"六殿下定会有法子割让五城给我们南华,公主殿下,我们还是再等等吧,和亲乃是下下策啊!"

灵萝公主"哼"了一声:"不听我的你肯定会后悔。"

瀚木看着灵萝公主离去,不免自语道:"女人家能成什么事?满脑子就是嫁给心

爱的情郎罢了！"

趴在房顶的苏霜岚看着灵萝公主负气而去，心中"啧啧"道：慕容峻啊慕容峻，你像个冰山似的笑都不笑一下，这个小公主喜欢你什么啊？喜欢抱着冰山睡觉凉快吗？

她继续往房里看去，瀚木拿出盟书细细地看着，她能清楚地看到盟书上的落款是大昭国太子慕容峰。

果然有盟书！看来野史上很多事都是真的啊！苏霜岚心底欢呼，看准了瀚木将盟书藏匿的位置，静等合适时机。

瀚木终于离开了房间，看样子是去方便了。苏霜岚立即翻身下去进入屋内，几下打开带锁的铁柜，一把抓过盟书，又仔细看了一遍，连忙揣进怀里。岂料她刚翻上屋顶准备溜走，只觉得身后一直有人跟着她，待到她转入一个后巷，身后忽然一阵强劲的掌风袭来，她连忙回身挡了几招，只见是一高大的黑衣男子，低着声音凌厉喝道："盟书拿来，饶你不死！"

苏霜岚说道："你是谁啊？看招！"说着虚晃一招紧接着就跑。她轻功不错，几个点跳便已在远处。那黑衣男子的脚上功夫却也不弱，一个劲地追着她，几次都几乎抓到了她的后背，不停地让她停下交出盟书。

苏霜岚眼见着荣亲王府就在眼前，几个跳跃就要奔进去，身后的男子突然叫了一声："你也是王爷的人？"

苏霜岚停住，狐疑地回头，仍然保持着戒备的姿势："你不是六殿下的人？"

那男子爽朗一笑："追了半天都是白辛苦。我们都是为了王爷而来。"

苏霜岚仍然不信，微微笑道："想用这种伎俩骗走盟书？太低级。"

那男子又笑："莫非姑娘就是成管家挂在嘴边的'九天玄女'吗？"

苏霜岚没有答话，那男子几个跳跃抢先跃入王府，很快便听到成安的声音响起："是九天玄女姑娘驾到了吗？姑娘您在哪里？老奴前来接驾了！"

苏霜岚真是哭笑不得，这成安是真的把她当神仙了，还是特别敬重才会这样叫？她略略尴尬地跃入府内，刚才那男子已经除了面巾，爽朗干脆的一个年轻男子，正望着她笑："姑娘久违了，在下封平，王爷的贴身护卫。"

封平。

史册有载，此人在江湖上号称第一快刀，深得荣亲王信任，一直护卫左右。在最初的史册里，荣亲王登基之后，他被封为大内侍卫总管，手握皇宫禁军的一切职权。

苏霜岚按照江湖规矩抱拳欠身："江湖第一快刀，失敬，失敬。"

封平仍在笑："姑娘不报上自己的名号吗？"

"小女子在江湖上无名无号，不值一提。"苏霜岚并不想现在就暴露身份。

"以姑娘的轻功，即便不是江湖第一，也必然位列三甲，"封平的笑容透着爽利，"姑娘不必过谦。在下还想跟姑娘再比试比试呢！"

苏霜岚没好气地说道："刚才被你追得都快断气了，还要比试？"

封平微怔，很快哈哈大笑起来："姑娘太谦虚了……"

"喂，别废话了，"苏霜岚打断他，"你也是去驿馆盗取盟书的？你怎么知道盟书的？"

"我在驿馆的屋顶趴了很多天。"

苏霜岚莫名想笑："趴……噗……不好意思，一想到你这么个威猛大汉趴在屋顶，我就想笑。那盗取了盟书之后呢？"

"交给王爷。"

苏霜岚眨眨眼："没了？"

"没了。"封平解释道，"王爷会如何处理，我都会听从。"

"啧啧啧。"苏霜岚摇头，"你这叫什么？这叫愚忠，知道吗？你家王爷，现在跟榆木疙瘩没有分别。当他不清醒的时候，你作为一个忠心耿耿的属下，就要狠狠敲打他！而不是看着他做错了也没有任何作为。"

封平低头抱歉一笑，语气却带着不由分说的坚定："王爷就是王爷，不管他做什么决定，我都会遵从。这些决定带来的后果，我也会陪着王爷一起承受。"

苏霜岚本来在笑这封平的愚忠，这一番话却令她忽然有些肃然起敬。这世上，从来都是共享乐容易，共患难不易，这三年来，无论慕容峻如何冷漠低沉，封平都会按时前来请安，并且默默陪伴在侧保护他的安危——这绝不是一般人能做到的。

苏霜岚认真道："我认为，应该先查明六殿下所持有的那份盟书到底藏在哪里，再将这份盟书交给皇上，到那时带人前去搜出六殿下的盟书，打他一个措手不及。"

封平还未说话，成安附和道："姑娘说得有理！"

封平犹豫着："不知道王爷怎么想……"

苏霜岚的手大刺刺地拍在封平肩头："哎哟，管他干吗？我们帮他铲除了一切阻碍，他就等着享受好了。我看你是个可造之才，如果有需要的话，我该怎么联络你？"

封平看着苏霜岚拍在自己肩头的手，一个大男人忽然有点儿脸红起来，不自然地说道："这……这……这要知会王爷，我才能告知……"

"你是他的护卫，又不是他的奴隶，怎么交个朋友还要告诉他？"苏霜岚不在意地又拍了他一下，"快点儿说！"

封平看了看四周，压低声音说道："城中最大的飞仙酒楼，跑堂小二刘三儿，找他就能找到我。"

"好！"苏霜岚又是一拍，"以后有事情找你出来，可不能推辞哟！"

"嗯。"封平点点头，承诺得十分认真。

苏霜岚立即相信了他，因为她知道，江湖上有名有号的第一快刀，向来一诺千金。

"你家王爷呢？"苏霜岚问成安。

"王爷在卧房中，可能已经安寝了。"

"这种时候还睡得着？没心没肺。"苏霜岚随意评价慕容峻也不是头一次了，但成安听着还是心惊肉跳，生怕王爷听见突然发怒。封平也是一副不适应的样子，咽了咽口水。

离这三个人不远处的回廊下，慕容峻正静静地看着他们。这个穿着夜行衣蒙着黑面纱的女子，为什么总在关键时刻出现？就好像她真的是上天派来的一样，洞察先机，料事如神。她的每句话、每个字，都完完全全地打中他内心最难忍的地方，却在戳得他疼痛流血之后，留下奇异的温暖光芒。

今夜她又出现了，竟然还盗取了瀚木与慕容峰的盟书。

她到底是什么人？

自己真的能相信她吗？

慕容峻低头看向手中，她给的那个瓷瓶仍然在握，里面的药丸却没有动过一颗。此时，他打开瓷瓶倒了一颗出来，想放进口中。然而一阵巨大的痛楚突然袭击了他，他的腿伤又发作了。他有些痉挛地弯下腰，用手狠狠抓住双腿，却仍是止不住疼痛。

瓷瓶从他指尖滑落，跌在地上发出清脆的声响。

"噼里啪啦——"

三个人同时回头看向幽暗的回廊，封平最先几步掠了过去，惊呼道："王爷！王爷您怎么了？"

成安连忙奔过去，苏霜岚也跟上去。只见慕容峻神色痛苦地按压着双腿，那瓷瓶碎裂开来，里面的药丸撒了一地。

　　苏霜岚扫了一眼那瓷瓶，没好气地说道："给你药你都没吃，你怕我下毒啊？"虽是这样说，手上却丝毫没停，也不知是从哪里抽出了三根长针，"唰唰唰"地扎在慕容峻的腿伤周围。

　　慕容峻的痛楚神色立即有所缓解，额头上汗珠密布，虚弱无力地看着苏霜岚，张口想说什么，却没有发出声音。

　　苏霜岚一颗颗捡起地上的药丸，轻哼道："你知道这是多珍贵的药材炼制的吗？就这么随便摔了？我要是想害你还用毒药？我干吗辛辛苦苦为你奔忙？真是要被你活活气死。"

　　慕容峻无力地摇摇头，成安明白过来，连忙说道："姑娘可能误会了，王爷方才腿伤发作，可能是一时失手才……"

　　"罢了，就算刚才是失手吧，可这药丸一共二十八颗，他确是一颗也没吃。"苏霜岚拿出一颗药丸，直接塞进慕容峻嘴里，还将他下巴一掐——这回药丸是确实被吞进去了。

　　封平和成安目瞪口呆地看着苏霜岚，慕容峻也有些回不过神来。苏霜岚把药丸全部放在成安手中："这些药丸，你家王爷疼痛难忍的时候可以吃一颗，平时没事儿也可以吃着玩，强身健体好不好？再上议政殿的时候吃三颗，可以站立一个半时辰！这话我绝不会再说第三次！"

　　成安仔细收好药丸，连连点头："是是是，老奴绝不会忘记，绝不会忘记！"

　　苏霜岚又低下头，轻轻弹了弹那三根长针，将其中一根拔出，仔细地扎在腿伤的另一边。

　　三个男人默契地保持着安静，屏气凝神地看着她，好像稍微动作大点儿，就会把她吹不见似的。

　　慕容峻离她最近，她的眼睛清清亮亮，仿佛盛满了月光。他不禁想起第一次见到她的情形，那双清亮柔美的眸子令人印象深刻，而此时，她的眉眼近在眼前，触手可得。

　　慕容峻突然伸出了手，捏住了她的面纱。

　　苏霜岚并没有动，只是手上微微用力，慕容峻便吃痛得发出抽气声，那只手却固执地捏着面纱不肯放开。

苏霜岚见来硬的不行，只好改变策略，装作一副委屈的样子说道："这世间，有哪个美貌女子愿意整日遮面度日？虽说我是为了夜行方便，但其实……"她的话语间带了哭腔，"我相貌丑陋，不愿被人看见，请王爷高抬贵手，别让我再无颜出现在你们面前，行吗？"

慕容峻仍然没有松开，虚弱却坚定地说道："眼睛如此好看，怎会丑陋？即便真的丑陋不堪……我也不会介意。"

"我介意！"苏霜岚突然将他的手重重一打，瞬间退后几步，离开他的掌控范围，隔着老远冷哼，"不知道尊重一下别人的意愿吗？我不愿意给你看，你就不能看！别以为自己是王爷，任何人就都得听命于你。在我的观念里，每个人都有自己的尊严和权利，都需要被尊重，没有身份尊卑这回事儿！"

慕容峻怔怔地看着她，表情复杂多变，眼中也似乎有光亮明明灭灭，看不出喜怒。苏霜岚趁机说道："那三根针，半个时辰之后拔下来就行。"说罢飞快地跃上墙头，转眼就不见了。

封平看着她的背影，半晌才回神，对慕容峻说道："王爷，刚才那位姑娘所说的，不就是您心里一直想建立的大昭国吗？人人平等，不分尊卑，互相尊重，彼此友爱……"

慕容峻良久没有说话，直到成安将他推回卧房时，他才莫名开口："曾经听人说过一个遥远国度的奇怪民俗，那里的女子从一出生就佩戴面纱，直到遇见喜欢的人才会揭下。她，是从那个遥远国度来的吗？"

　　接连几日，瀚木不断请求再次入宫面议割地事宜，皇上却都以身体不适为由避而不见。苏霜岚一直担心她和孙芳妍会被慕容峰灭口，但慕容峰一直没有任何行动。倒是父亲苏正通在下朝之后前来看望她，实则是想探听皇上的心意。

　　苏霜岚安慰他说："父亲不必担心，皇上仍如从前一样，并没有实质性的心意改变。若有风吹草动，女儿会立即禀告父亲的。"

　　苏正通说道："为父只是觉得，你似乎有心帮着四殿下。"

　　苏霜岚早已料到苏正通会有所察觉，毕竟那些宫中的帮手都是父亲的人。她沉着回答："父亲，既然女儿是荣亲王妃的第一人选，那帮助未来的夫婿，也没有什么不对吧？"

　　"为父最初以为，你只是图个安稳人生，看来，是为父小瞧你了。"苏正通了然一笑，"女儿的心性，似乎并没有因为在外多年就被磨灭——也是，身为嫡女，以后的嫡妃，确实也不是的一般人可以承担的。"

　　苏霜岚只是恭敬地听着，并没有接话。

　　苏正通却开始警告她："知道叶贵妃母子最近在忙些什么吗？所有新进入宫的世家女子，都被彻头彻尾地排查了一遍，从一贯的心性人品，到平日里常接触的人。因为最近的所有事情都不顺着他们母子的心意，这在从前是不可能发生的，而这一切不顺心意的事情，都发生在世家女子入宫之后。你知道这意味着什么吗？"

　　苏霜岚心里一紧："也排查到苏府了？"

　　"当然，怎会遗漏？"苏正通斜睨她一眼，"叶贵妃的手段，你真是没有体验过万中之一，但凡你体验过一次，你就绝不敢背叛她。女儿，为父能将你从前的一切都伪造得天衣无缝，可在这宫中，能帮你的，能救你的，就只有你自己而已。"

　　苏霜岚蹲身行礼："多谢父亲相助！"

　　苏正通微微扶她起身："不管你帮助谁，期待的都是一个好结果，为父对于这好结果自然是喜闻乐见。但是这结果危及苏府上下百十条人命——"他的声音冷厉，"为父定会弃车保帅。"

　　苏霜岚心中微微一寒，仍是面不改色："是，女儿明白，定会多加小心，绝不牵累苏府。"

　　苏正通的语气缓和下来："还有，一同进宫的，可有一位叫作孙芳妍的女子？"

　　"有。"

　　"没事不要招惹她，能相处得好最好，相处不好就敬而远之。"苏正通微微叹气，"她已被叶贵妃内定，会是将来的六王妃。"

什么？苏霜岚一惊，孙芳妍会嫁给慕容峰？这是什么搭配？

怪不得孙芳妍安然无恙，难道那天去打翻茶碗是自己多此一举了？又或者叶贵妃母子用这件事来试探孙芳妍，她照做所以过关了？

苏霜岚的脑子乱成糨糊，苏正通又说道："那两个侍奉太后的世家女子，也被太后内定给了两个大臣的儿子，现在只剩下你和那个罗家的次女。不出意外的话，荣亲王妃定然是你。估摸着南华使臣离开大昭之后，皇上就会下旨赐婚了。"

这么快！

苏霜岚脑子里更是一团糨糊了。

"父亲，依您看，大昭和南华，真的会开战吗？"

"南华不过是外强中干，但我大昭边境屡屡被南华铁骑骚扰侵犯，大昭国没有可用的精锐铁骑，皇上鞭长莫及之下大约会同意割地了事。"苏正通叹息，"若是荣亲王真的能重掌大权，区区南华小国何足道哉？"

这是第几次从他人嘴里听到慕容峻从前的傲人风采和卓越功勋？苏霜岚也记不清了。即便她从史册上读过千万遍，却也很难想象那个颓然坐在轮椅中的冷漠男子，从前是怎样不可一世、傲然而立。

苏正通留下了一小箱银锭子，就急匆匆地走了。

虽然他说得清楚明白，必要时刻会舍弃苏霜岚而保住苏府上下，但眼下，苏霜岚仍是感激的，感激他的提醒，感激他带来的新消息，也感激他这一箱银钱，让她能继续在宫中打点。

又过了两日，清晨，皇上很晚都没有唤人侍奉起床。姜图没有像往常那样低声询问，反而对侍奉的人说道："近来事多，皇上好不容易多睡一会儿，你们都各自忙去吧，有事我自会召唤。"

苏霜岚和孙芳妍等人依言退下，慕容峰却突然在殿外求见。姜图眼神示意，孙芳妍回应道："启禀六殿下，皇上尚未起身……"

"我有急事禀奏父皇！请代为通传！"慕容峰的声音显得很是焦虑。

苏霜岚瞥向孙芳妍，只见她对着慕容峰微微摇了摇头。慕容峰立刻会意，语气更为焦灼："父皇！儿臣有十万火急的军情禀奏！父皇！求您见见儿臣！"

姜图火急火燎地走出去，对着慕容峰道："六殿下！皇上还想再睡一会儿，有什么十万火急的事情不能等皇上醒了再说？您这样，让奴才十分为难啊！"

慕容峰不依不饶："姜总管，军机大事若是耽误了，你能负责吗？你就让我进去，父皇怪罪下来自有我来担待！"

苏霜岚狐疑不已，这慕容峰平日里对待皇上十分恭敬，今日是怎么了，居然要硬闯？

难道——

难道皇上根本不在寝殿之中？

苏霜岚自己吓了一跳，脑子转得飞快——皇上若不在寝殿之中，是自己出去了还是被掳走了？

看姜图的样子是知情的，他到底是向着皇上还是慕容峰？

现在是在跟慕容峰演戏还是真的在阻拦他？而慕容峰硬要闯进来，一定是从刚才孙芳妍的摇头中确定皇上不在寝殿，他闯进来之后发现皇上不在，是不是立即就要用祖宗规矩进行逼宫？

历朝历代的规矩是，若外有强敌入侵，而内无皇帝主事，皇子中最有威望的一位可以立即继承皇位，以确保江山稳固。

眼下正好是南华使臣咄咄逼人的关口，慕容峰是要钻这个空子吗？

苏霜岚被自己的想法惊到，一时有些慌乱。

这实在来得太突然了！

转念之间，慕容峰已经闯了进来，径直走向皇上平时就寝的龙床，直接掀开了床帘——床上果然空无一人。

慕容峰对着姜图呵斥道："父皇呢？你胆敢欺上瞒下，父皇是不是被你谋害了？"

殿中众人纷纷下跪，姜图虽也跪下，却一言不发，神色平静。

慕容峰再次质问道："说！父皇何在？若你说出来，还可留下全尸！"

"呵呵……"姜图坦然地笑起来，"六殿下明鉴，像奴才这样的阉人，全尸早已是奢望了。"

慕容峰恼道："我不与你做口舌之争，快说，父皇何在？"

姜图笑得更为坦荡："六殿下真的不知吗？今天这个日子，您与您的母妃，不可能忘记吧？您故意硬闯进殿，所为何来，您心知肚明，无须奴才多言。您又何必再故作姿态逼问奴才？"

苏霜岚跪在姜图身边,心中忽然一震:今日乃是先皇后的忌辰,也是叶贵妃的生辰!

慕容峰眼中阴沉,狠狠开口:"给我拖下去!打入死牢!"

立即有两名侍卫上前拖拽姜图,姜图起身时有些站立不稳,靠在了苏霜岚身上,很快便被侍卫们拖走了。

苏霜岚手中多了一团字条。她背上直冒冷汗,不着痕迹地将字条偷偷塞入袖中。

慕容峰厉声道:"今日之事你们都看见了,姜图意欲不轨谋害皇上,已被本殿下羁押,从此刻起,宫中诸事皆由本殿下负责!若有谁多嘴多舌,我定叫他以后再也没有舌头能说话!"

"奴才不敢!"众人的头伏得更低,吓得大气也不敢出。

慕容峰重重哼了一声大步而出,苏霜岚立即躲在暗处看了字条,只见上面写着:栖霞岛,紫光阁。

苏霜岚压根来不及点烛火烧掉字条,直接将字条吞进了肚子,之后立马换上便利装束,绕开宫中守卫,向着栖霞岛奔去。

栖霞岛离皇宫并不太远,从宫中的水路行舟,大约是半日的路程。岛上亭台楼阁一应俱全,只有皇上才能出入。

那上面的紫光阁,是每逢先皇后忌辰皇上必会去的地方。因为从前帝后恩爱,常常居住在紫光阁,享受恬静的二人时光。

苏霜岚猜想通往栖霞岛的水路已被慕容峰控制,不敢贸然从水路前往,只有从皇宫外绕路前行。

好在慕容峰现在调动了大部分禁卫军驻守皇宫,在宫外反而相对容易行动。苏霜岚将自己打扮成普通民女装束,买了一匹马快速奔去。

接近傍晚的时候,苏霜岚终于抵达栖霞岛的入口。她放眼望去,只见小岛四周烟波浩渺,水汽蒸腾,衬着微微泛光的晚霞分外好看。

苏霜岚顾不上欣赏美景,观察了一下四周形势,发现守卫并没有增加,甚至比从前少了近一半。

看来慕容峰控制了皇上回宫的水路,压根不想让皇上再出现在宫中了。若是皇上从陆路离开栖霞岛流落民间,只怕慕容峰高兴还来不及。到那时他更可以借着搜寻皇上的名义,趁乱下手除掉皇上。

苏霜岚摇了摇头："真是狠心，竟如此对待自己的父亲。"

大昭国的每个角落，每处景物的地图和构造，早已经深深烙印在苏霜岚的脑海里。

她绕开守卫，从另一侧的芦苇荡中悄悄潜上了岛，很快来到了位于岛心最高处的紫光阁。

她一路行来，岛上几乎没有什么守卫，这建在高处的紫光阁更是一个守卫也没有看见。

她轻车熟路地走了进去，看见皇上正背着手立在窗前，急匆匆上前半蹲身说道："皇上万安！今早六殿下擅闯皇上寝殿，发现皇上不在宫中，便将姜总管打入死牢，随后宣称宫中诸事由他负责！姜总管冒死塞给我一张字条，我才能来这里禀告皇上！"

苏霜岚低着头，看见面前一双脚缓缓转向她，头顶一个低沉戒备的声音响起——

"你是何人？"

苏霜岚惊诧地抬头，正对上的眸子幽暗沉静，深邃得无法见底——

居然是慕容峻！

慕容峻亦是一惊，这眉眼分明有些熟悉。可苏霜岚迅速低下了头，支吾了一句："王……王爷万安！"

"你认得本王？"慕容峻探究地看着她，"父皇身边的女官？那，你竟对本王这样站着没有丝毫惊诧吗？"

苏霜岚还没有回答，慕容峻又道："没有自称奴婢，是新入宫的世家女子？你父亲是何人？"

苏霜岚没料到慕容峻反应这么快，只好硬着头皮说道："家父乃是……"

"快！快！这边！跟我来！"一阵急匆匆的杂沓脚步声渐渐靠近，那粗暴的语气听着就来者不善。

慕容峻忽然将苏霜岚大力一扯，拦腰抱起，带着她一起跳进了旁边的大立柜中，并且迅速关上了柜门。

苏霜岚惊魂未定，门外那些声音已经进入房中。慕容峻在柜中按下一个机关，这柜子竟变出了夹层挡板，将他二人牢牢遮挡，以至于外面搜寻的人打开立柜都没有发现他们俩藏在里面。

外面搜寻的人说道:"找到了吗?"

"没有,到处都找过了,没有发现皇上的踪迹。"

"不在这儿还能在哪儿?再给我搜!一寸一寸仔细搜!挖地三尺也必须找到!"

"是!"

苏霜岚听着外面的动静,完全没注意到自己被慕容峻搂在怀里,后背紧紧靠在他的胸口,他的手还搭在自己的腰上。慕容峻也在凝神细听那些人的动静,一时也没有注意。待那些人走远,苏霜岚忽然"啪"地在他手臂上重重一打:"还不给我放开!"

慕容峻有些恼火:"是本王救了你!"

"救了就能搂着不放?"苏霜岚嘴硬,"好色!"

"你说谁好色?"慕容峻呵斥道,"愚蠢!"

苏霜岚伸手去开立柜,谁料那伙人去而复返,又进入了紫光阁。慕容峻眼疾手快地拉下她的手狠狠握住,顺手将另一只手也拉扯过来握在一起,结果苏霜岚的两只手都被他狠狠握住动弹不得,又不能出声,只能干瞪着他。慕容峻不以为意,只是仔细听着外面的动静。

外面的人说道:"竟然四处都找不到,究竟能藏到哪儿去?"

"确定是来了紫光阁吗?会不会压根没到这里来?"

"上头下了死令,若找不到,咱们都活不成。这样,放火。不管他藏在哪里,连人带岛全烧干净!"

"是!"

一群人脚步纷杂地四散走远了。

慕容峻的眼中压抑着恨意,苏霜岚完全明白他的心思。然而很快,就闻到一阵烧焦的味道渗透进来,看来是已经开始放火了。

苏霜岚急道:"坐以待毙吗?你这么镇定,是不是还有机关?"

慕容峻一副"明知故问"的姿态,伸手在柜子底部摸了两下,底部忽然翻转,苏霜岚还来不及惊呼,就又被慕容峻拦腰一搂,跌落下去。

皇宫。

叶贵妃正在逗一只鹦鹉,鹦鹉识趣地说着话,叶贵妃开心得"咯咯"直笑。

慕容峰走了进来,面色不快地说道:"还没有找到。"

叶贵妃并不着急的样子，仍然逗弄着鹦鹉，笑着说道："急什么，还怕他不回来找我吗？"

"儿子只是有些担心，万一他背地里和四哥联手做点儿什么……万一他真的一死了之，四哥会不会……"

"怕什么？"叶贵妃微微呵斥，"无论何时，你都要记住，你必将会是最终的王者，没有人能够取代。这点儿小事都经不住，以后如何继承大统？"

慕容峰神色稍安："是，儿子记住了。"

叶贵妃轻哼："那贱人死都死得不干净，非要死在我生辰这一天！皇上为了她的忌日，有多少年没给我庆贺过生辰了？说什么死者为大？笑话！我倒要让他看看，到底是活着的人厉害，还是死了的人厉害！"

"母妃别恼，儿子已经安排好了寿宴，稍后就陪母妃前去畅饮一番。"

"嗯。"叶贵妃又笑起来，"记得叫上芳妍，她很会讨人欢心呢。"

"是。"

栖霞岛。

苏霜岚跌落在一片温润之处。慕容峻却一声闷哼。原来他们跌落在一个悠长的甬道内，而慕容峻用自己做了人肉垫子，此刻，苏霜岚正用八爪鱼的姿势趴在他的身上。

反应过来的苏霜岚立即跳起来，还不忘拍了他胸口一巴掌："说你是好色吧！你看看！为什么又是这样的姿势？"

慕容峻捂着胸口微微愠怒，却说了一句不相干的话："顺着路一直走，出口是荣亲王府的书房。快走。"

苏霜岚狐疑："你不走？"

慕容峻神情冷漠，似乎不想多看她一眼，偏转头命令道："走！"

"你都不说说你是怎么来的，为什么来，现在又为什么不走，也不交代一下是不是叫我去搬救兵啊什么的？"苏霜岚急道，"你在想什么啊？"

慕容峻下意识地按在自己的腿伤处，嘴却很硬："本王死不了，你走！"

苏霜岚已经明白过来，上前一把拽住他的胳膊放在自己肩头，另一只手揽住他的腰，坚定地说道："一起走！"

慕容峻神色微动，表情却开始痛苦，生硬地说道："立柜一被烧毁，机关就会显

现，他们迟早会追过来……一起走，都得死。你我非亲非故……"

"哎呀！都什么时候了还跟我转文客套！"苏霜岚大力地拖着他起身，虽然十分吃力，但也将他拽了起来，一步步半扶半拖地带着他向前走去。

慕容峻几次想抽出自己的胳膊，却被苏霜岚的手死死拽住，坚决不肯放开。他微微侧脸看向她，额上的汗珠细细密密，眉眼却是那般坚韧果断，没有丝毫犹豫。他心中一动，千百句问话堆积在嘴边，却几次三番欲言又止。

她到底是她，还是不是她？他到底希望她是，还是希望不是？

他自己也有点儿弄不清。

这好像是有生以来第一次，他有些不想面对一个真实。应该说，他害怕得到的并不是他所期望的答案吧？

然而他所期望的是什么呢？他还真有点儿说不清。

"哎哟——"苏霜岚突然脚下一崴坐倒在地，慕容峻猝不及防也被拽倒，直接压在了她身上——

"你又……"苏霜岚果然叫嚷起来，"你又这样！"

"这次是你主动的！"慕容峻也不甘示弱，像个孩子一样跟她斗嘴。

"谁主动了谁主动了？这种情况下我还能主动做什么吗？你以为你有多么风流倜傥呢，是个女人看见你都会往上扑吗？"苏霜岚今天连连被吃豆腐，难免有些气急败坏。

慕容峻简直哭笑不得，眼下这种情况难道是自己弄出来的吗？可他腿伤疼痛难忍，一时难以从苏霜岚身上爬起，而苏霜岚又因为扶着他累得筋疲力尽，推了几下竟也没有推开。

两个人就保持着这种尴尬的姿势……突然都有些脸红……

"王爷！"甬道远处忽然传来一声叫喊，苏霜岚羞得不知哪里来的力气，手脚并用地将慕容峻从自己身上踹了下去。

慕容峻胸口和腿部一起吃痛，却忍住了没有叫喊，坐在地上看着来人："你终于来了。"

成安惊诧地看着王爷和眼前这位姑娘，结结巴巴地说道："王爷，王爷您这是在……这……这……这需要奴才记录下来吗……"

大昭国的规矩，但凡皇族男子宠幸任何女子，都需要记录在案，以备日后有孕时查实时间，以证皇室血脉纯正。

苏霜岚恼羞成怒："记录你个大头鬼！你敢记一个试试！"

成安目瞪口呆，还不知死活地问道："敢……敢问这位，这位姑娘高姓大名……"

苏霜岚从地上爬起，恶狠狠地说道："再问我就剁了你！"说罢就急匆匆地跑向甬道深处去了。

成安愣住，慕容峻说道："扶我起来，追兵很快就到了。"

慕容峻回到王府，立即吩咐成安："立即把这个通道堵死，不准让人发现这通道是通向王府的。再叫刘成和尚之勇前来见我，再者——去告诉瀚木，本王要见他。"

成安有些奇怪，刘成是宫中禁军首领，尚之勇是皇城守卫统领，要见这两人是正常，那见瀚木却是为何？不过他从不质疑王爷的决定，直接领命。只是仍有点儿不死心地问道："王爷，暗道中那位姑娘，到底是谁？"

慕容峻的眼波微动："宫里的人。到底是谁没有来得及问。不过她去向父皇通风报信，应该不是叶贵妃那边的人。此事你不必在意，去吧。"

成安依言退下。

慕容峻坐倒在椅中，那药丸的药效确如黑衣女子所说，只能坚持一个半时辰。他看着成安带人进来，进入暗道堵死出路，心中仿佛有什么东西也一并被埋藏。

这通往栖霞岛紫光阁的暗道，是他在隆山大败之后命人暗暗挖出来的。那时的他心灰意冷，终日颓丧，又无法再进宫，便挖了这暗道想去凭吊母后。每次都是成安将他送至紫光阁内，待一两个时辰之后再去接他。

每逢先皇后忌日，皇上都会出现在紫光阁。慕容峻总是算好时辰，待皇上离去才进入。而今天，皇上却久久没有离去，他便一直在立柜中没有出来。

皇上对着阁中先皇后的画像絮絮叨叨，自言自语，时断时续，慕容峻在柜中听得并不真切，直到最后几句才听得十分清晰："是朕自私无用，为求长生不死，竟被叶氏利用，弄成现在这副人不人、鬼不鬼的模样，实在无颜再来见你……朕已下定决心，即便拼上一死，也要……"

话音未落，皇上忽然闭口不言，匆匆地走了出去。

慕容峻因那三颗药丸的效力，直接走了出来想去追，但那药丸只能维持站立，要行走却有些困难，他刚走了几步就有些吃力，听见一阵急切的脚步声正朝着紫光阁而来，便站定了保持镇静。而来人，正是苏霜岚。

第六章 意外会面

慕容峻沉沉叹息——父皇究竟去了哪里？那些不明不白的话到底是何用意？

苏霜岚从荣亲王府的书房房顶直接跃出了王府，没有让府中下人发现。她迅速换回了宫中装束，神不知鬼不觉地进入宫中，回到自己的房间。

关上房门刚刚放下心来，只听房内一个沉稳却严厉的声音问道："你去哪里了？"

苏霜岚吃了一惊，定睛一看，发现是卢嬷嬷坐在桌边。她稳住心神答道："我只是出去……"

"我要听实话。"卢嬷嬷的声音不大却透着威严，"今日宫中生变，皇城各门均是戒备森严，难出难入。你竟能畅行无阻，不能不令人生疑。我虽然不懂朝堂上的事，却不能不问一问自己一手带进宫的人，到底是何居心？到底是向着哪一边？否则哪天身首异处，还不知道是谁害了我！"

苏霜岚当即跪在卢嬷嬷面前，诚恳地答道："我虽与嬷嬷相识未久，但进宫以来，一切仰仗嬷嬷提点警醒，才能安然无恙活到今天，我是那恩将仇报之人吗？今早六殿下擅闯皇上寝殿的事想必嬷嬷也知道了，姜总管被押走之前，塞给我一张字条，让我上栖霞岛紫光阁寻找皇上。"

卢嬷嬷在宫中多年，自然知道紫光阁是什么地方，当下信了几分，又问道："你如何能随意出入宫门？"

"不敢欺瞒嬷嬷，家父在宫中行走这些年，总还有几个能说得上话的朋友。"苏霜岚没有透露自己会武功一事，她觉得此事并不需要被卢嬷嬷知晓。

卢嬷嬷并不怀疑，几乎所有大臣都会在宫中有几个眼线或暗人，以备不时之需。卢嬷嬷伸手拉了苏霜岚起身，又说道："姜图为何会信任你？"

"我也不知道，也许只是姜总管的最后一搏。最多不过是我将字条交给六殿下，他已被押入死牢，还能有什么比这个结果更糟呢？但如果我愿意替他跑一趟，那他就是押对了宝。"

卢嬷嬷仔细盯着她看了半响："如此说来，你是四殿下的人？"

苏霜岚心中一跳，神色却依然平静："照嬷嬷这样说，我应该去荣亲王府，而不是紫光阁。"她见卢嬷嬷犹疑未消，又说道："六殿下与四殿下之争结果如何，我猜不透，但眼下，我侍奉的是皇上，是大昭国的天子，姜总管既然愿意相信我，我就愿意，也必须跑这一趟。家父常说，苏家的满门荣耀都是皇上赐予的，无论做任何事都

决不能背弃皇上。"

卢嬷嬷的脸色缓和下来,苏霜岚趁机说道:"不过,家父并不想让外人知晓这宫中有谁是他说得上话的朋友,所以若是查证起我的行踪,还望嬷嬷……"

"这还需要你提醒?"卢嬷嬷一副老江湖的样子,"六殿下每隔两个时辰就会派人查实宫中各处各人的动向,我早已替你圆过去了。"

"多谢嬷嬷!"苏霜岚又要再拜,卢嬷嬷一把拉住她,"方才语气重了些,可别往心里去。嬷嬷我下个月就出宫了,可不想在这节骨眼儿上丢了性命。"

"我明白!嬷嬷放心,即便您离开皇宫,那金光玉雪石也断断不会少了您的!"

卢嬷嬷一脸喜色,连连道谢。

入夜,荣亲王府。书房。

宫中禁军首领刘成、皇城守卫统领尚之勇,正在向慕容峻恭敬行礼。

慕容峻叫他二人起身,说道:"客套话本王就不多说了,皇上到底在何处?"

刘成答道:"并不在宫中。六殿下已经派我等搜寻多遍了。"

尚之勇说道:"属下带人搜遍了皇城各处,也没有发现皇上踪影。"

慕容峻略略皱眉:"栖霞岛附近搜过吗?"

尚之勇答道:"也派人搜过了,毫无踪迹。"

慕容峻不再纠缠这个问题,说道:"按大昭律,慕容峰是否已经发告公文,实掌皇权了?"

刘成答道:"还没有,毕竟南华使臣只是滞留皇都,就算有所刁难,但并未发兵来犯,还无法构成'大敌当前无人主事'的局面。按规矩肯定是搜寻皇上为先。"

慕容峻轻嗤:"发不发兵,只是慕容峰一句话的事。你密切注意慕容峰动向,及时来报。"

"是!"

"皇城守卫现有多少人?"慕容峻继续说道,"派重兵暗中围守驿馆,如有信鸽飞出立即射杀取下信笺,任何人出入都必须暗中跟随,见过什么人、说过什么话,速速来报!"

"是!"

成安站在慕容峻身后,一时百感交集。三年了,整整三年,他没有见过王爷这样说话、这样下令。从前那个王爷又回来了吗?那个杀伐果决、从容自若的王爷回来了

吗？这还是那个整日颓废不语、消沉寂静的王爷吗？

刘成和尚之勇双双退了出去，封平从门外走进，有些担忧地询问："王爷，这些人三年未用，还会和从前一样忠心吗？"

"不知道。"慕容峻十分平静，想起了某人的一句话，用来回答封平，"不过，我还怕失去什么呢？"

成安了然地微笑，封平想了想又问："王爷，属下有些不明白，从前皇上那样对您，三年间对您不闻不问，您不是一直愤恨失望吗？为何现在皇上不见了，您还是如此焦急，立即挺身而出为皇上筹谋……"

"如果在几个月以前，我大概也不会理会此事。"慕容峻想起紫光阁内父皇古怪的话语，叹气说，"而今天，这事儿似乎另有隐情。毕竟，他是我的父皇啊。"

封平没有再问，成安却揶揄道："王爷，您想要发现隐情也不早点儿发现，非要等着九天玄女骂了您好几次，您才想着去发现啊。我看这也不是您自己发现的，要不是九天玄女把您骂醒，您肯定是见着皇上在里面就直接走了，哪会停在那里听皇上说话？都是九天玄女逼着您发现的。"

"啧——"慕容峻一咂嘴一瞪眼，成安立即噤声。结果封平又接话道："可不是吗？九天玄女这样对您，您今天还对另一位姑娘……"

慕容峻的眼睛瞪得更大，冲着成安斥道："多嘴！"

封平还在说："听说还是被那位姑娘踹下来的……"

慕容峻顺手抄起一卷书册就向封平砸去，封平一个闪身躲了过去，几步跳出门外躲得老远。成安再也忍不住，哈哈大笑起来。

慕容峻虽然没有笑，心中却波澜起伏。这世间有因才有果，如果那黑衣女子是将他带回光明人生的因，那由此而产生的果，会是什么呢？

他开始好奇了，真的很好奇。

驿馆。

瀚木看着身着长袍的慕容峰，笑道："殿下既然怕人发现，又何必亲自走这一趟？我本来打算支持你做太子，现在看来，你是要直接当皇帝了，这样更好。"

慕容峰直截了当："何时发兵？我总要亲自问过你才能放心。"

"我还真是头一次看见一国皇子这么着急让敌国发兵攻打自己国家的，"瀚木嘲弄地调侃道，"真是世间罕见，闻所未闻。"

慕容峰有些不耐烦："废话就不必多说了，你我各尽其责，各取所需，要是再耽搁下去……"

"哈哈哈哈……"瀚木突然大笑，"原来，你还是在担心你的四哥啊，就算他失宠到今天这个地步，你居然还在担心他！"

慕容峰没有反驳，反而严肃地说道："他从前手握重兵，跟随者众，心腹近臣更是遍地皆有，就算他失势三年，若他卷土重来，难免不是一呼百应，我不得不防。他跟我父皇有怨气、有心结，但他跟皇位没有仇恨，谁能说得准他会不会趁火打劫？"

瀚木沉吟，显然明白这个道理。慕容峰也嘲弄地回击："你也不希望他当上大昭国皇帝吧？那样的话，你们南华国，还会存在吗？他的腿——你觉得他会在你的腿上刺几个窟窿才解恨？"

瀚木浑身微微一凛，从前那个在战场上犹如一头猛兽的荣亲王，仿佛正高举长刀在面前挥舞，令人胆寒。瀚木立即答允："最快两日后发兵，你准备吧。"

荣亲王府。

慕容峻手中已经有了线报，对于慕容峰与瀚木的约定了如指掌。他提笔写下一纸信笺，递给成安，吩咐道："立即飞鸽传书给夏侯厉，让他带领神睿铁骑速速迎敌。"

"是！"

皇宫。

叶贵妃寝殿中，池旧缓缓从阴暗处走出，声音寒凉："娘娘，卦象是'变'。"

"变？还会有不好的变化？"

"卦象上只能看出多变，看不出好坏。"

叶贵妃微微白了他一眼："你就这点儿能耐？你说的那个已经出现的逆转一切的人，到底是谁？查出来了吗？"

池旧摇头："新进宫的五位世家女子，皇上身边的所有近侍，甚至娘娘宫中的人，我都暗中查探过，可惜一无所获。娘娘应该知道，我比你更希望找到这个人。"

"能查到皇上在何处吗？"

"娘娘不必忧心，不出半日，皇上自然会回来，并且是回来求您。"

叶贵妃听得此言放下心来，露出得意的微笑。

第六章 意外会面

苏霜岚留意着宫中的变化,却怎么也得不到皇上的任何消息。傍晚时分,卢嬷嬷忽然召集皇上身边的近侍一同前去皇上寝殿,说是需要侍奉御驾。

孙芳妍也一同前往。苏霜岚注意到卢嬷嬷对她比从前更为恭敬谨慎,看来她与慕容峰的关系是半公开了,她自己也比从前更注重仪态妆容,说话也不是那么客气了,有些居高临下的味道。

一行人到了皇上寝殿门口,卢嬷嬷恭敬地行礼问安,大声通禀。内里传来一个有些虚弱的声音,听起来好像是姜图,只说了一句话:"圣上有旨,传苏霜岚一人入内。"

卢嬷嬷瞟了苏霜岚一眼,示意她进去。孙芳妍有些不悦,也想跟进,苏霜岚却抢先一步,快速进入寝殿,顺手关上门。

寝殿深处龙榻之上,皇上面色苍白地斜倚在靠枕上,榻边正是多日不见的姜图,脸上还有伤痕,一副虚弱无力的样子,却仍然十分恭谨。

苏霜岚完全没料到皇上又突然出现在宫中,下拜行礼之后被允准起身,安静地站着。

皇上看了她半晌,有些无力地开口:"你,要帮朕一个忙。"

苏霜岚答道:"臣女谨遵皇上吩咐。"

皇上微微摇头:"朕的这个忙,会置你于风口浪尖,甚至是地狱火海,你就这么随意答应了吗?"

"臣女不敢不应。"

皇上一笑:"这倒是大实话。君要臣死,臣不得不死。明日,朕会接见南华使臣,你在一旁仔细看着,如果发现朕看向你,你就要走出来承担一切,明白吗?"

苏霜岚听得云里雾里,小心地问道:"皇上要臣女……承担什么?"

"明日你自然会知晓,放心,朕不会害死你。"皇上细细打量她一番,"朕总觉得,这是好事儿也说不定。"

苏霜岚更加糊涂,皇上却不再说此事,而是说:"你急匆匆跑去紫光阁,朕看见了。"

苏霜岚惊讶地看向皇上,皇上点头说道:"朕有很多事,不知道从何说起,而且如今说起来也为时已晚。不过,你既然能冒险去紫光阁,朕大约能信你一次。"

苏霜岚措辞谨慎地开口:"皇上既然愿意相信臣女,何不将一切事情直截了当地言明?臣女愚笨,若明日无法领会皇上意图,岂不耽误皇上大事?"

皇上笑得十分自信："'愚笨'二字，断断用不到你身上。"他叹了口气："所有大臣都在观望，到底是四，还是六？不到万不得已，他们都会明哲保身，绝不妄动。朝堂上的关系盘根错节也就罢了，可怕的是，腐朽无能，无一直言敢谏之臣。"

苏霜岚静静听着，心里却十分明白，自三年前慕容峻退出朝堂不问政事，从前那种活跃开明的谏言之风就停息了，取而代之的是慕容峰一人独大，留下来的大臣也大多是见风使舵、见利忘义的小人。苏正通虽然打仗是一把好手，但基本不参与朝堂斗争，从来都是观望到最后才出手。

皇上的神情有些哀痛，姜图身有同感地看着他。皇上看了看姜图，说道："朕身边，也就只有这一个姜图了。"

"还有荣亲王。"苏霜岚几乎是脱口而出。

皇上看了她一眼，探究地笑道："果真是向着未来的夫君吗？"

苏霜岚微微低下头："臣女只是就事论事。明眼人都能看得出来。"

皇上又是一叹："明眼人？说得好啊。你不知道，三年前，他都伤成那样，还跪在宫门外求朕见他，跪了三天三夜，朕……朕……硬是没有放他进来……最后昏倒在宫门外，被他的管家抬走了……他跪过的地方，满地的鲜血……他，一定怨极了朕……"

苏霜岚见皇上眼中凄凉伤痛，也不再顾及什么君臣身份，直接问道："皇上是不是有什么苦衷？"

皇上苦笑着看着她，模样已是默认。

苏霜岚急道："是什么苦衷？皇上不妨说出来，多个人一起想办法，也更好解决。"

皇上摇头苦笑："既是苦衷，又怎么能轻易对人说出来？你不必再问，朕不想再说。"

苏霜岚有些懊恼，却没有办法。

"你只要记得明日帮朕的忙，就是帮朕解决问题了。"皇上无力地挥手，"去吧。"

苏霜岚还想说什么，姜图的眼神制止了她。

姜图起身送她出去，虚弱地说道："苏姑娘，奴才没有看错你，奴才真是要好好谢谢你。可惜奴才有伤在身，无法行叩拜大礼，眼下皇上疲累，奴才也没办法离开，待眼前事了，奴才一定好好答谢你。"

"姜总管就别客气了，您不是被押入死牢了吗？怎么……"

"皇上一回来，就将奴才放出来了。"姜图的声音有些哽咽，"苏姑娘，皇上真的很可怜，很可怜，奴才求您明日一定要帮皇上，一定要帮！"

苏霜岚完全不明所以，但还是答应道："我会的，我会尽力！可是姜总管，在我看来，这世上没有解决不了的事情，您还是劝劝皇上，他若愿意说出来，我一定竭尽所能地帮他解决！还有荣亲王，肯定也会尽全力的！"

姜图哽咽得说不出话，只是一个劲地点头。

苏霜岚出了寝殿，见众人都已散去，只有孙芳妍留在原地等着她。见她出来，孙芳妍立即迎上来问道："皇上和你都说了什么？"

苏霜岚十分客气有礼："不知道孙姐姐为什么这么问？皇上召见谁，说了什么，这是随便能问的吗？"

孙芳妍的声音并不大，还是和从前一样谨慎温柔："我并不是随便问的，我是以未来太子妃的身份问你，你必须回答。"她眉梢眼角荡漾着笑意，"不怕告诉你，明日早朝，皇上会宣布立六殿下为太子，而我，就是太子妃。"

苏霜岚心里一跳，那皇上到底要自己帮什么忙？完全想不出来！她无心再与孙芳妍做口舌之争，回答道："虽然是皇上将我叫进去的，但其实是姜总管想见我。"

"姜图？为什么？"

"姜总管不是受伤了吗？才从死牢里出来，看起来很虚弱，他想吃我做的百花糕和如意粥，皇上大约是可怜他吧，特意叫了我去吩咐了一番，嘱咐我无论姜总管想吃什么，都要照做。"

孙芳妍半信半疑："就这样？"

"不然还能有什么？"苏霜岚故作无辜地说道，"我和你一样，也是从宫外来的世家女子，这宫中的门道我并不十分清楚，我只盼望尽快离开宫中，回家与父亲团聚，再不想掺和这些事情了。太子妃娘娘，看在你我一同入宫的分儿上，就别为难我了吧。"

她这一声"太子妃娘娘"令孙芳妍很是受用，当下她撇了撇嘴说道："谅你也翻不出什么大浪来。"

苏霜岚道谢欲走，孙芳妍又说道："你是荣亲王妃的第一人选，不害怕吗？"

"怕什么？"

孙芳妍笑道："明日，荣亲王就会永远堕入万劫不复之地，你不怕受牵连？"

"我还没有嫁给他，为何会受牵连？"

孙芳妍只笑不语，拔下头上的一根金簪塞进苏霜岚手里："这个赏给你，自尽的时候方便。"

苏霜岚将这簪子紧紧一握，脸上却仍是笑着："多谢太子妃娘娘提点，若我真有那一天，我也不会害怕难过。"

"为何？"

"那都是自己的命数。"苏霜岚再次行礼，很快走远了。

入夜，荣亲王府的墙头上，苏霜岚再次黑衣蒙面地翻了过去。她轻车熟路地找到了慕容峻的书房，直接推开门走了进去。

慕容峻并不诧异，似乎已经习惯了她这样来去自如，只是安静地看着她。

苏霜岚说道，"我来是告诉你，明日宫中会有大变故。皇上可能会立六殿下为太子，"她顿了一顿，"恐怕你的处境会十分不利。"

慕容峻并未惊讶担忧，而是说："造成这种局面的原因，本王已经解决了，所以你不必担心。"

苏霜岚眨眨眼："解决了？怎么解决的？"

"想知道？"慕容峻的轮椅微微靠近她，"摘下面纱，本王就告诉你。"

苏霜岚一脚踹在他的小腿上："什么时候了还开玩笑？"

慕容峻吃痛着恼："你这女人胆子为什么这么大？当真以为本王不敢还手吗？"

"还啊还啊，你还啊！"苏霜岚梗着脖子逼近他，慕容峻反而不自然地一步步退后。

苏霜岚双手叉腰："我也不知道你解决了什么，反正你解决了就好。但我总觉得事情没有那么简单，皇上似乎……有什么把柄被捉住了，好像是受制于人。"

慕容峻抬眼："你肯定？"

"基本肯定。"苏霜岚摇摇手，"算了，算我白来，你都解决了就行。不过，明天入宫，还是做好万全的撤退准备，我总觉得六殿下不会轻易放你离开。行啦，我走啦。"

慕容峻看着她的背影，悠悠说了一句："你是苏霜岚，还是罗云竹？"

苏霜岚被这句话吓得差点儿摔倒，回头怒道："都不是！"

慕容峻眼中蕴着笑意："你没有问本王这两个人是谁，看来你认识这两个人。"

苏霜岚心叫不妙，自己大意了。

果然慕容峻眼中的笑意更浓，脸上却还是正经样子："在紫光阁，我就认出你了。你是宫里的人，又是世家女子，这并不难查。"

苏霜岚没有说话，纵身跃上墙头，慕容峻又来了一句："本王猜，你是苏霜岚。因为苏霜岚是荣亲王妃的第一人选，未过门的新娘子如此费力地帮着自己未来的夫君，倒也说得通。不过，你对一切了如指掌是怎么回事呢？还有你这一身功夫……"

苏霜岚站在墙头上跺了跺脚，跃入黑暗之中。

慕容峻眼神幽幽，默默地看着她离去的方向。

次日清晨，皇上醒得很早。孙芳妍侍奉皇上用早膳时，皇上忽然叫她坐下一同用膳。

孙芳妍有些惊诧，连忙推辞。苏霜岚也觉得十分奇怪，皇上怎么会叫她一起呢？

皇上和善地说道："芳妍，不必担心，朕叫你坐你就坐，有什么好害怕的呢？这宫中，都是朕说了算啊。"

他的语气不仅和善，而且暧昧，仿佛他与孙芳妍之间有什么特殊的关系。

孙芳妍急着撇清："皇上在说什么呢？臣女怎么敢与皇上一同用膳？这不合规矩。"

"规矩还不都是朕一句话的事情？"皇上看着她的眼神更为温柔，用眼神示意姜图，姜图笑着恭维道："是呀娘娘，奴才提前称呼您一声娘娘了，昨夜之后……嘿嘿，奴才已经记录下来了，皇上今日就会册封您呢，真是大喜啊。"

殿中一众奴才听了这话，呼啦啦跪了一地，纷纷向孙芳妍贺喜。

孙芳妍完全蒙了，惊慌失措地说道："皇上在说什么？臣女听不懂啊，我……我没有，我们没有啊！"

皇上悠闲地用着早膳，姜图故意板起脸来训诫道："娘娘慎言！您怎能胡言乱语？天子恩宠是多大的荣耀，娘娘可别犯糊涂啊！"

孙芳妍仍然不可置信地质问皇上，皇上却只管吃着。苏霜岚看着皇上悠哉的样子，忽然有些明白过来——皇上这是故意拆散慕容峰和孙芳妍！皇上是已经看穿了孙芳妍这个人，不想让她跟着为虎作伥吗？还是在报复六殿下？

苏霜岚心里千回百转，深深担忧，皇上到底是有什么样的苦衷，只能出此下策？

很快，皇上没有再看孙芳妍一眼，端正了衣冠上朝而去。苏霜岚紧跟在后面。

很快到了议政殿的侧门，皇上入内之前，盯着苏霜岚问道："朕，能信任你吗？"

苏霜岚虽然还是不知道到底何事，可她十分确信地说道："能。"

皇上欣慰地点头，看着殿内嘲弄地一笑，像是自言自语地说道："喜欢听戏吗？偶尔唱上一曲，也是不错呢。"

皇上在姜图的陪伴下进入议政殿，坐在龙椅上。下面立即响起三呼万岁的喊声，威风震天。

苏霜岚想起皇上的话，这满朝文武口中忠心耿耿，内里却不知道打着什么算盘——那至高无上的皇位，此刻看起来是那样孤独无助。她悄悄看向那些大臣，南华使臣瀚木已经在最前面站定，慕容峻也坐在一旁的轮椅内，慕容峰十分自信地站在另一边，而自己的父亲苏正通，事不关己地摆弄着手上的装饰物。其他大臣神色各异，不过四下望去，看不到任何忠臣良将的影子。

逆天转势之后的史书上写得很清楚，慕容峰登基之后安于享乐、沉湎美色，国家大事被几个大臣把持，看似歌舞升平，实则民生凋敝，很快便呈现出衰败之相。

苏霜岚有些担忧地看着慕容峻，他依旧是平静沉稳的神情，在这一群嘴脸各异的人之中，显得有几分超然。

慕容峰出列说道："启禀父皇，儿臣已与南华使臣瀚木达成协议，他同意只占取五城，并且率先退兵三十里以示诚意。"

瀚木点头认可，慕容峻开口道："瀚木退兵三十里，是因为你给了他五座城池吗？"

慕容峰斜睨一眼："当然。"

慕容峻看向瀚木："不是因为惧怕夏侯厉的神睿铁骑？"

众臣微微哗然，连苏正通都些微变色。苏霜岚知道，夏侯厉是神睿铁骑的首领，这支铁骑一直镇守边境，与南华铁骑分庭抗礼，甚至有过之而无不及，一向是瀚木最为头疼的对手。而这夏侯厉，正是慕容峻从前打仗时最为得力的先锋大将。但二年前慕容峻不问政事之后，夏侯厉也好像消失了一般，连那些骑兵也不知所终，没有任何人知道他们的去向。此时突然从慕容峻嘴里说出来，真是震惊全场。

瀚木语气十分强硬："神睿铁骑早就消失不见了，这是众所周知的事情，荣亲王你最近去过边境吗？不要在这里妖言惑众。若不是看在六殿下窃窃与我恳谈的分儿上，我才不会……"

"那天你不是说，是与本王有阴谋有勾连，怎么如今是与本王的六弟恳谈了？"

瀚木一笑："与王爷您那真是暗地勾结，但与六殿下那是正大光明地坐下来谈判，有很多随从可以做证。"

慕容峻微微冷笑："你爱怎么说都无妨，自有夏侯厉等着为本王收拾你。"

瀚木有些胆寒，强自冷笑一下，慕容峰又说道："父皇，儿臣原本一直不想多言，但四哥如此不依不饶，儿臣只好拿出真凭实据了。"说着拿出一份卷轴呈了上去，姜图接过去递在皇上眼前，皇上只是略略扫了一眼，便说道，"荣亲王与南华使

臣暗中勾结，妄图指使瀚木拥立自己为太子，竟与瀚木私下签订割地盟书，实乃大逆不道！"

苏霜岚一惊，慕容峻也是满脸不可置信。她左手紧紧一握，银白色的光芒四下流泻，时间静止了。

她匆匆跑到皇上身边，仔细看那卷轴，正是那份割地盟书，只不过落款换成了"大昭国太子慕容峻"。她连忙掏出一直带在身上的那份真正的盟书，摆在皇上眼前，急忙退到一侧。

时间再次流转。

皇上的眼睛瞟过卷轴，明显有些惊异，但他什么也没说，抽出了慕容峰递上来的那一份卷轴，狠狠地丢在慕容峻脚边。而苏霜岚拿上去的那一份，则被皇上暗暗放在了一边。

苏霜岚简直惊诧莫名，皇上到底在想什么？

慕容峻没有去捡那份盟书，眼中波涛汹涌，愤怒悲凉已经不足以形容他的心情。良久，他才对着皇上说道："三年前的事情，还要重来一次吗？"

皇上微微转开视线，很快又说道："朕也想知道，为何三年前叛国通敌，今日还要再来一次？"

慕容峻紧咬牙关，说出来的话都有些咬牙切齿："儿臣，从没有叛国通敌。"

"铁证如山，你还想狡辩？"慕容峰指着那份盟书，"再说瀚木使臣已经承认了，人证物证俱在，你以为能抵赖得了？"

慕容峻没有理会他，只是看着皇上，眼神带着怀疑、悲伤、愤慨……还有那么一丝丝奢望。他的双手紧紧抓着轮椅扶手，几乎要将那扶手捏得裂开。

苏霜岚简直不忍再看，只听皇上又说道："三年前，朕怜你重伤难愈，念着骨肉亲情，又想着你也许是一时糊涂，才草草了事不再提起，没想到三年后你故态复萌，丝毫没有半点儿感激，再次做出这等大逆之事！既如此，朕也不必再有所顾惜，今日便将你废除皇籍，流放出境！"

苏霜岚大惊失色，慕容峻也是惊怒异常。

"皇上，且不急。"瀚木突然出声，微笑着说道，"我倒有个折中的法子，既不伤骨肉亲情，又能解决皇上的难题。"

"你说。"

瀚木从他身后请出一个人来，那个人模样清秀，身材苗条，做男装打扮，对着皇上行了一礼。瀚木介绍道："这是敝国的灵萝公主，是我南华国君的掌上明珠。"

皇上微微颔首，灵萝公主柔声说道："在我南华国，无论一个人犯下多大的错误，只要他没有弑父杀君，都还是可以再给一次机会改过的。三年前我有幸在战场上见过荣亲王，他奋勇杀敌的英姿给我留下了深刻印象，我私下猜想，他虽与瀚木暗中订约，但也是为了两国和平，顺带着谋取自己的利益，并不像皇上说的那般罪不可赦，如此勇猛无敌的男子，定是有着自己的理想，才会做出这般行为。所以，我愿意再如三年前那样请求联姻，一方面与大昭国永结秦晋之好，一方面也能达到皇上驱离他出境之目的，可谓一举两得。"

苏霜岚惊得差点儿叫出来，这都哪儿跟哪儿？这公主为了求得如意郎君，还真是能把死的说成活的！可是皇上为什么一点儿没有奇怪诧异的表情？好像一切都已经提前知道了一般平静？

皇上思忖着，慕容峻冷笑道："本王不愿意。"

皇上一副恼怒的神情："你还有什么资格不愿意？废除皇籍，流放出境，与南华国驸马相比，应该选哪个，你不知道吗？"

慕容峻十分坦荡，盯着皇上朗声说道："不能坦荡自然地活着，就绝不苟且偷生。三年前之所以没有立死，只是因为对父皇还存了一丝盼望和念想，想着父皇定是受了奸人蛊惑，才会没有任何查实就将我冤屈至此。而今看来，"他冷哼一声，"父皇的心智都已被蒙蔽，完全无法看清事实。既如此，我也不再做任何指望，只求父皇赐我一死。"

苏霜岚大惊，完全没想到慕容峻会心灰意冷成这样。

皇上还没说话，灵萝公主走到慕容峻身边低声说道："何必与你父皇置气？冤假错案，历朝历代何曾少过？你不必觉得自己格外委屈。同我回南华吧，在南华施展你的才华、你的抱负，总有一日能让你重返大昭，将这些看低你的人，狠狠踩在脚下。"

慕容峻偏转了头与她保持距离，说道："公主自重。"

灵萝懊恼不已，瞟了一眼瀚木。瀚木会意，连忙说道："王爷别急着一心求死，有大好前程为什么不试一试呢？"

慕容峻看向瀚木的眼神依然锐利："即便本王死了，夏侯厉也不会放过你，你放心，不会让你因为没有对手而无聊的。"

皇上低垂双眼，疲惫地说道："朕，将第四皇子——荣亲王慕容峻，赐婚给南华

公主灵萝，三日后完婚，一同回转南华，有生之年不得再入大昭之境。"

灵萝下跪谢恩，苏霜岚突然反应过来，这一切，都是事先编排好的！慕容峰为了谋求太子之位打压慕容峻，皇上受制于叶贵妃和慕容峰，配合他们演这一出戏，就是为了让慕容峻再无翻身的可能。而灵萝公主喜欢慕容峻，才有了和亲去南华这一幕。

原来皇上那句看戏的话，竟是在对她说，这一切都是一出戏吗？

可是皇上要自己帮的忙到底是什么？到现在皇上也没看过来啊？到底是要帮什么忙才能挽回这局面？

慕容峻没有谢恩，淡淡地说道："本王，绝对不会奉旨。"他扫视慕容峰和瀚木，又看向皇上，"要杀要剐，悉听尊便。"

苏霜岚敏锐地看见皇上眼中闪过一丝惊痛。皇上明显深吸一口气，起身说道："你以为，除了灵萝公主，这世上还有女子愿意嫁给你吗？"

苏霜岚心中一痛，竟然还要再次揭开慕容峻的伤疤吗？

慕容峻的手微微一紧，皇上继续说道："就你这副模样，还想谋求皇位？你难道不知道，大昭国例律，凡有残疾者、面容毁坏者，皆不能继承大统？你再也无法站立，还在妄想皇位？现如今南华国公主愿意联姻，你为何还不答应？你是要活活气死朕吗？"

慕容峻双手用力握着扶手，苏霜岚几乎以为他立即就要站起来，毕竟那药效未过，他站起身是完全可能的。然而他只是稍微用了用力，最终还是没有起身。他看向皇上的目光里，不知为何，忽然生出了一丝怜悯。

他的神色太过复杂，苏霜岚仔细看了半天，还是没有完全看懂。

灵萝公主已经非常不耐烦，公主架子终于端了出来："慕容峻，荣亲王，我已给了你最大的脸面，你却根本不愿意接着。那好，如果你在这大昭国还能找出一个愿意嫁给你的女子，我就收回刚才的话，再不烦你。"

这是最后的激将法吗？苏霜岚看着瀚木和慕容峰得意的神情，心里暗叫不好，这时候去哪里找个愿意嫁给慕容峻的女子？今天皇上这样羞辱他，只怕是大昭国以外也不会有愿意嫁给这个失宠残疾的皇子了啊。

苏霜岚正在心烦意乱，不知如何是好，只见皇上缓缓转头向她看了过来。她心里一惊，这是什么意思？要我帮忙？帮什么忙？

难道？

皇上说过要她出来承担一切，难道是要她挺身而出说愿意嫁给慕容峻？

等等！等等！她来这里是为了帮助慕容峻重新掌权登基，可不是为了嫁给他啊！

可是自己已经答应了皇上会帮忙！而且如果现在不答应的话，慕容峻说不定就真的去南华了，说不定还愤而自杀了！那自己岂不是白来了？爷爷的病痛就再也没办法好了啊！

这……这……这！

皇上依旧看着苏霜岚，她心下一横，从侧门缓缓走出，站在众人面前说道：

"我愿嫁。"

虽然只是轻轻一声，却犹如石破天惊。

大殿中所有人的目光都集中在苏霜岚身上，她努力镇定勇敢地看着众人，一脸坦然。

灵萝公主没想到居然还真有人回应，气恼地质问："你是何人？"

苏霜岚微微颔首行礼："我乃大昭国镇国大将军苏正通的嫡女，苏霜岚。"她这句话平常至极，但不知为何，在众人看来，却颇有大将之风，掷地有声。

苏正通的面色有些阴沉，此时却也做不了什么，只能看着苏霜岚。瀚木与慕容峰也没料到苏霜岚会突然出现，一时有些不知如何应对。

慕容峻惊异地看着苏霜岚，他不知道这个自称九天玄女的女子，为何要一次又一次地跳入他的困境中来，一次又一次地想要解救他、帮助他……她的身份，她的目的，她身上的一切，在他眼中全是不明确的谜团。而现在，这些谜团仿佛聚集成了一张铺天盖地的网，随着她那一声"我愿嫁"快速地向他袭来，马上就会将他牢牢缚住。

只有姜图注意到，皇上眼中感慨万千，如释重负。

灵萝公主不屑道："不过小小一个将军之女，就敢与本公主相争？真是放肆！"

苏霜岚没有丝毫惧怕，迎着灵萝的目光说道："我不过是站出来回答公主的问题，没有任何冒犯之意。"

灵萝重重"哼"道："看在你愿意为荣亲王解围的分儿上，本公主不与你计较，退下吧。"

苏霜岚浅笑："我并非只是解围，而是真心实意地回答。若只为了解围，岂不是欺骗公主？何况皇上在此，我又岂敢欺君？"

灵萝公主十分不悦："给你台阶下你都不要？区区将军之女，竟敢与本公主……"

"公主错了，"苏霜岚踏前一步，对灵萝有些压迫之势地看着她，"我从未争抢。几个月前，我是奉皇上为荣亲王选妃的旨意进宫的，此事大昭国尽人皆知，我乃五位备选的世家女子之一，按先来后到的话，也是我有机会在先。"

灵萝沉不住气还要理论，瀚木对她使了个眼色。灵萝公主按捺住脾性，转而说道："即便你有机会，难道本公主就没有机会吗？你可敢与本公主一比高下？如果我输了，再不会提联姻之事！"

苏霜岚有些好笑："公主方才不是说，如果这大昭国内还有愿意嫁给荣亲王的女子，就再也不会烦他吗？怎么又要与我比试？"

灵萝公主强势地盯着苏霜岚："我只是说不再烦荣亲王，说过要解除联姻了吗？你如此伶牙俐齿，以为本公主是好欺负的吗？"

此时慕容峰对着皇上说道："父皇，既然灵萝公主与苏霜岚都有意嫁与四哥，那就叫她们比试一番也无妨，您说呢？"

皇上看了看苏霜岚，见她依旧沉静的样子，点头说道："准。"

慕容峻一直没有出声，苏霜岚有些不敢看他，生怕他像刚才拒绝灵萝那样拒绝自己，让自己颜面扫地。可是瀚木再次挑衅："荣亲王怎么不拒绝了？如此看不起我南华公主，原来是看上了这个女子吗？"

慕容峻看向苏霜岚，两个人的目光虽只有片刻交汇，却像诉说了千言万语。然而慕容峻很快转开眼神，冷漠地说了一句："即便比试胜出，也要能入得本王府内，才当得起'荣亲王妃'四字。否则，本王绝不承认。"

从前慕容峻风光无限之时，不知有多少女子想嫁入王府，有权势的世家女子用尽方法托人拉关系劝说皇上赐婚，没有背景的普通女子有的甚至半夜闯入王府，想与慕容峻生出些难堪的谣言，借此进入王府，即便做妾也心甘情愿。那时，慕容峻就放出话来，即便是皇上赐婚的女子，必须要自己能够进入王府内，才算真正成为荣亲王妃。

进入王府原本没什么难的，不过是从正门走进去便是。然而荣亲王府的守卫异常森严，从里到外共有三层，除却明眼能看见的侍卫巡视，还有看不见的暗卫躲藏在暗处，还有各种机关陷阱。别说是女子，从前刺杀慕容峻的杀手，没有一个能从荣亲王府活着出来。

慕容峻放出话的当晚，便有一位女子带着八大高手闯府。可惜仅仅半个时辰就全军覆没，最后这八位高手先被丢了出来，那女子最后被丢出，摔在这八个人身上。

只是慕容峻失宠之后，府中的戒备就不似从前森严，甚至可以说是疏于守卫，所以苏霜岚才能轻轻巧巧地就跃上王府墙头，甚至在府内自由出入。

苏霜岚暗暗咬牙："好你个慕容峻，也不帮着我说两句话，看我以后怎么收拾你。"

慕容峻说罢便向皇上微微行礼，低声唤道："成安。"

成安连忙从殿外入内，推着慕容峻离开了。

慕容峰急道："父皇，四哥他有通敌叛国之罪，岂可随意离开？"

皇上凝视着慕容峻的背影，缓缓说道："自今日起至大婚前，荣亲王软禁自己府内，不得外出。"慕容峰还想再说什么，皇上瞟了他一眼，又说道："朕，立皇六子慕容峰为太子，望各位臣工尽心辅佐，以固国本。"

慕容峰喜不自胜，忙跪下谢恩，众大臣也一并跪下道贺称赞。慕容峰不再多言，皇上对着灵萝公主说道："公主既然要比试，便请出题吧。"

灵萝公主笑道："不急。"她走到苏霜岚面前说道："本公主与你一局定输赢，三日后，我会派专人将比试内容送来给你。"她微微阴笑，"三日后定叫你颜面扫地，心服口服！"

苏霜岚亦是微笑："静候公主佳音。"

皇上带着姜图与苏霜岚从侧门离开了议政殿，一场闹剧就此收场。苏霜岚仍然有些忐忑，她非常清楚今日之事将会给自己带来巨大变故，然而在当时的情况下，她却完全没有办法选择说不。

皇上缓缓地走着，让大群宫女太监在远处跟着，只留姜图与苏霜岚跟在自己旁边。走了一盏茶的时间，他才长长出了一口气："真是难为你了。朕能护持你的时间，只怕也只有眼下这点儿回寝殿的时间了。待你不当值的时候，叶贵妃定会派人传你问话，到时你只需将一切推在朕身上即可。"

苏霜岚不甘心地问道："皇上还是不愿意对臣女说一说，到底所为何事吗？臣女自认如今与皇上是一条船上的人，能否得知皇上到底因何受制于人？"

皇上微微一顿，满目愧色："都怪朕太过贪心，妄想不死，反而被奸人利用，再也无法自如过活。"

不死？苏霜岚心里一咯噔，莫非……

果然皇上压低声音说道："你听过'不死人'吗？这世上最怪异的一种人。他们永远也不会死去，享受着世人期望的长生不老。"

苏霜岚下意识地看向皇上额头，但他额头上并没有那缭绕烟雾状的黑色标记。皇上见她看过来，自嘲地笑道："看来你有所耳闻，见识非常广博。朕之所以没有那黑色标记，是因为朕服食不死人的秘药，时断时续，所以朕现在，还不是纯粹的不死人，但……也差不多了。"

姜图一脸担忧地看着皇上："皇上别说了，苏姑娘知道的越多，对她越不安全啊。"

"朕却想着，她能知道的越多，才能越好地保护自己。"皇上继续说道，"三年前，隆山大败之前，朕第一次服用了不死秘药。原本没有任何异常，但就在隆山大败之后，峰儿带着重伤的峻儿回来，说他有通敌叛国之嫌，就在朕准备彻查真相之时，朕第一次发作了。"

皇上的声音都有些颤抖："朕永远无法忘记那个夜晚。浑身上下犹如钢针戳刺般疼痛难忍，黑色的雾气在皮肤上四处游走，整个脸面都被黑色笼罩，双眼突出，双目泛红，连声音都变得嘶哑粗沉……朕变成了一只鬼怪，一只形容可怖的鬼怪……那天晚上，叶贵妃一点儿都不怕朕的模样，笑着给朕服下了一些药丸，朕立即就好多了，又像个人的模样了。从那以后，朕就再也无法自在地活着，完全受制于叶贵妃这个毒妇。"

苏霜岚沉默无言，心里微微寒凉。她曾听爷爷说过不死人的种种异状，但现在亲耳听到皇上的形容，还是觉得十分惊心。

皇上又是一叹："朕无法为峻儿平反，虽然没有任何凭据，但朕就是相信他，他绝不会是通敌叛国的人！然而朕被叶贵妃控制，如果没有她的药丸就疼痛难忍……可这一次，她要朕立峰儿为太子，还要朕将峻儿打压得无法翻身！朕宁死也不愿意再让峻儿忍受一次羞辱诋毁，于是朕离开皇宫去了紫光阁，朕知道只要朕一离开，叶贵妃必然利用这机会教唆峰儿逼宫，朕想着等一阵子再由原路返回，定能遇见他们的人马，朕那时就与他们拼个鱼死网破，让他们母子背上弑父杀君的罪名！这样，峻儿就能名正言顺地讨伐……"

苏霜岚大为震动，被皇上这宁愿一死来成全慕容峻的拳拳父爱感动。姜图的眼中已经微微泛泪。

"谁知，当朕看准时机吞下毒药，却一点儿反应也没有。反而是那些接触到朕的兵士，不知道为什么突然口吐白沫，瞬间统统倒地死去……"皇上眼中有着还未平复的惊骇，"朕周围二三十人，只要是接触到朕的，立时死去……就那么一瞬间的事……"他眼中泪花闪烁，"朕现在，已经是毒物了……"

苏霜岚悲悯地看着皇上，他忍了泪水继续说道："朕以为吃下剧毒之物就能死去，没想到是叶贵妃骗了朕，不死人，就是永远也死不了的人，自己想死都不能，而不是她所说的仅仅是别人杀不死。之后叶贵妃身边的不死人池旧出现，将朕带回了宫。"

池旧。

苏霜岚第一次听到这个名字，原来那天看见的不死人叫池旧。

"他们威胁朕，若再不听他们的安排，就会将峻儿也变成这种不死人。"皇上急切哀痛地看着苏霜岚，"你知道吗？荣亲王府内没有几个人是峻儿的亲信了，几乎所有的下人都是叶贵妃的人！甚至峻儿每次出门，都会有人跟踪他、监视他！他随时随地都能被人下药！朕绝不允许峻儿变得跟朕一样！绝不！"

苏霜岚怎会不明白皇上的心情？姜图连忙劝解道："皇上切勿动怒，这四周都是耳目呢。"

皇上稍稍平定心神，低声道："苏霜岚，今日你愿意帮朕的忙，朕非常感激，你一定要在与灵萝公主的比试中胜出，嫁入王府，替朕好好守护峻儿。"

苏霜岚低下头："皇上如此信任臣女？臣女何德何能守护王爷……"虽然原本来这里的目的就是辅佐他，可是现在这样的处境，还是必须要嫁给他的状况，真是让苏霜岚心里乱成一团麻。

皇上看着苏霜岚的目光变得沉静："朕相信你。能在众人面前镇定地承担一切，你绝不是一般女子。朕不会看错。"

苏霜岚没有再说什么，慢慢跟着皇上向寝殿走去。

入夜，苏霜岚离开皇上寝殿结束轮值，姜图切切嘱咐万事小心。谁料她刚走出寝殿，便有两个太监上前拉扯她，她并没有反抗，直接被带到了叶贵妃面前。

苏霜岚被狠狠推了一把，跪在地上。叶贵妃居高临下地望着她，笑意阴冷："哟，本宫一直没看出来，以为你只是个普通的世家千金，没想到，竟然会在这么重要的场合，这么关键的时刻，来这么令人惊讶的一手呢。要不是你跟本宫对着干，本宫真要为你叫一声好呢。"

苏霜岚没有说话，只是依照礼仪跪在那里，微低着头。

叶贵妃继续冷笑道："本宫就只有一件事想不通，你到底有什么理由，愿意嫁给那个失宠的残疾人？如果说开始入宫是因为皇命，那今日大殿上的行为，也是皇命吗？"

"回贵妃娘娘的话，确系皇命。"苏霜岚故意装着有些颤抖的声音回答，"是皇上吩咐臣女今日一定要这样做的，皇上的旨意臣女不敢不从，何况原本臣女入宫就是备选荣亲王妃……所以臣女，臣女自然要答应啊……"

叶贵妃倒没想到果真是皇上的意思，阴沉沉地扫了苏霜岚几眼："那皇上一定也命令你，与南华公主的比试，一定要赢咯？"

"是。"

"那你打算如何做？"

苏霜岚抖得更厉害："臣女……臣女不知……"

叶贵妃笑得轻松起来："违背皇上旨意是罪犯欺君，当株连九族，不过违背本宫的意思，就会生不如死。"说着她的手轻轻一挥，立即有一壮硕宫女走上前来，掐住苏霜岚的嘴巴，给她喂下一颗药丸。

苏霜岚不能暴露武功，也不能暴露左手的秘密，因为万一被叶贵妃发现自己的特殊能力，只会让事情变得更麻烦。她被掐得咳嗽起来，药丸落入腹中。

叶贵妃满意地看着她："别怕，一时半会儿死不了，这药丸七日之后发作，到时候，你与那公主的比试是输是赢应该有定论了，你明白的，该怎么做才能拿到解药呢？"

苏霜岚难受地点点头，叶贵妃笑着说道："可以滚了。"

苏霜岚迅速回到自己房中，镇定心神坐下，给自己把脉。从小，爷爷就让专人教导她各种杂学、机关、术数，包括医学、毒术、武功、暗器、奇门遁甲等，似乎早已

预料到有一天她会卷入这困局，能用这些东西来自保。

苏霜岚按在自己脉上细细感受了一阵，却没有料想中的中毒之相，反而是一片平和，与平时的健康状态没有分别。她狐疑地又按压了一阵，还是没有任何迹象表明她中毒了。

她是吓唬自己？那颗药丸只是平常食物？

不可能。苏霜岚立即否定，叶贵妃怎会是那样心善的人？苏霜岚仔细回想，那颗药丸有种奇异的香味，一般来说毒药的香味越重，毒性就越大。可是为什么把脉的时候丝毫探查不出来呢？

为求保险，苏霜岚还是拿出了金针，扎在自己心口的几处大穴，用来防止毒性快速侵入心脉。

"唉，慕容峻啊慕容峻，为了帮你，我的小命都快没有了，苍天啊！"苏霜岚哀号一声，叹了口气。

自从苏霜岚服下了叶贵妃的药丸，叶贵妃便再也没有找过她的茬，连慕容峰见到她都没有多刁难一句。倒是孙芳妍忽然来找她，一见到她就跪在地上，哭着求她道："苏妹妹，念在你我同时进宫同住一屋的情分上，帮我求求皇上吧！我不知道哪里开罪了皇上，竟会说我和他……现在宫里的人都以为我真的和皇上有什么，太子殿下也不理我了，可皇上也没有给我任何位份……我现在……现在都不知道自己到底应该如何自处……每天都有人指指点点……"

苏霜岚不动声色："为何来求我？"

"你每天跟在皇上身边，总有机会为我说上几句话的。求求你，求求你开恩，发发慈悲！只要你帮我这一次，我一定会好好感谢你，我以后一定……"

苏霜岚蹲下身子看着她，孙芳妍住了口，眼中充满希望。

"有样东西，我一直带在身边。"苏霜岚从随身荷包内掏出一样东西，塞进孙芳妍手里，"我觉得，这东西现在会对你有用。"说罢猛然起身离去，再也不看孙芳妍一眼。

孙芳妍错愕地低下头，手掌中的东西，正是她从前给苏霜岚的那根金簪。

虽然出了从前被孙芳妍逼迫的一口恶气，但苏霜岚心里并不十分畅快。她与孙芳妍无冤无仇，也不知道为什么孙芳妍会如此对待自己。她本想着在宫中低调处事，暗

中襄助慕容峻，没想到会走到必须嫁给他的地步，还是如此高调得让阖宫皆知……

"一入宫门深似海"，这话果然是至理名言。

即便她不想害人，不愿与人结怨，却还是因为身处其中而不得不深陷进去，并且为了自保，为了完成任务，一步步走向更多的未知。逆天转势之前，史书上记载慕容峻登基为帝，皇后复姓百里，逆天转势之后他很快郁郁而终，不曾娶妻——不管怎样，她苏霜岚只会是慕容峻生命中的过客，绝不是他最终的伴侣。

唉，自己到底在想什么？苏霜岚敲了敲自己的头，还是想想怎么把自己体内的毒解掉是正事！

"苏姑娘。"一个宫女在她身后轻轻唤道。

苏霜岚回头，这个宫女很眼生，从没有见过。那宫女微笑着自我介绍："奴婢是太后宫中的，奉太后旨意前来请姑娘过去叙话。"

"是。"苏霜岚应声，跟着宫女走去。心里却又开始哀号："不过是说了一句愿意嫁给慕容峻的话，要不要满宫里的大人物都来找我见面啊？真是疯了！"

荣亲王府。

成安担忧地看着湖边，王爷已经在这里坐了两个时辰了，一句话也没有说。成安下意识地看了看墙头，很希望现在看到那个黑衣蒙面的女子身影。

"她不会来。"慕容峻突然开口。

成安以为听错了："什么？王爷您说什么？"

"她不会来。"慕容峻又说了一遍，语气听不出是失望还是安心，或者没有任何情绪。他似乎微微叹息，"她现在自顾不暇，能保住自己就不错了。早知如此，何必多事？"

成安皱眉想了想，反应过来，大惊："九天玄女就是苏霜岚姑娘吗？"

慕容峻点头，眼眸幽深似海。

成安着急地眨着眼睛："那她在宫里岂不是很危险？叶贵妃怎么会放过她？王爷，要不要派人去救她出来？"

"她没事。"封平忽然闪身跃了进来，对着慕容峻行礼，起身说道，"苏姑娘一切安好，现下被太后叫去说话了。"

成安本来悬着的心放下来，紧接着说道："王爷您派封平去查看苏姑娘安危，刚才还不快点儿告诉老奴，把老奴都要吓死了。王爷，您是早就知道了苏姑娘就是九天

玄女？难怪在紫光阁的密道你们……"

"闭嘴。"慕容峻瞪他，"你越来越话多。"

成安闭口不言，封平说道："不过属下打听到，苏姑娘似乎被叶贵妃灌下了一颗药，但到底是什么就不清楚了。"

"哼，叶氏给的，能是什么好东西？"慕容峻眼中闪烁着危险，"派人找机会去给她仔细诊看。"

"是。"封平点头，又问，"王爷，您看苏姑娘会赢过南华公主吗？"

"当然会了！她那么聪明！"成安忍不住插嘴。

慕容峻的眉头轻轻锁着，叹息道："我希望，她输。"

太后寝殿。

苏霜岚行礼之后起身，安静地站在太后面前。太后只是微笑地看着她，并未说话。

苏霜岚细细回想史书上的内容，这位太后乃是西淼国的公主，当年是和亲而来，却最受先帝宠爱，最终当上太后。西淼国地处大昭国以西，两国因为联姻，已有几十年没有发生过战事。

最重要的是，无论是逆天转势之前还是之后，这位太后在史书上所占的笔墨都不多，但前后都是寿终正寝，安享天年。能在叶贵妃的阴狠之下活得健康长寿，她要么是完全不问宫中事，要么就一定是个厉害角色。

苏霜岚微微抬眼看了看太后，这个有些微胖、笑容和善的老妇人，会是哪一种呢？

"哀家年轻的时候啊，是两国联姻来的大昭国。"太后笑眯眯地开口，"如今你要对付想联姻的公主，哀家就想见一见你。"

苏霜岚微窘，这是要为联姻的公主讨个说法吗？

太后见她表情不自在，笑道："别担心，哀家可不是找你的麻烦，只是想到了好多年轻时候的事情呢。这位南华国的灵萝公主可不是什么省油的灯，在南华国，只要是她出的难题，就没有人能解开。"

苏霜岚微微一笑："是没有人敢解开吧。"

太后爽朗地笑起来："可不是吗？她还以为自己多能耐呢！唉，年轻真好，要是年轻，哀家也想跟她比试个高低呢！"

苏霜岚也笑起来，太后眨眨眼："喜欢哀家的四皇孙吗？"

苏霜岚又低下头变得拘谨起来，实在不知道如何回答。太后没有追问，仍然笑眯眯地说道："哀家觉得，那南华的公主，赢不过你。"

苏霜岚心里有些嘀咕，太后到底是希望自己赢还是输？她在暗示什么？

太后又说道："人活一世，所有的遭遇和结局，都是由无数的选择堆砌而成，尤其在这深宫之中，最最要不得的就是行差踏错。哀家来大昭国之前，有长达半年的宫规教导，不停提点哀家怎样才能在这幽暗深宫之中存活，并且步步为营、平步青云……"太后仿佛陷入了绵长的回忆，不过很快恢复了笑眯眯的样子，"不过呢，这些年一路走来，哀家发觉有时候无论怎样选择似乎都不对，无论怎么做都不是最好——这个时候，该怎么办呢？"

苏霜岚抬眼，太后笑眯眯的眼神仿佛了然一切："唯有出于本心，才能始终无悔。"

唯有出于本心，才能始终无悔。

短短十二字，却令苏霜岚心头一震。太后挥了挥手吩咐宫女："哀家乏了，送她出去吧。"

苏霜岚行礼告退，缓缓退了出去。

看着苏霜岚离开，离太后最近的一个老宫女低声道："太后娘娘，可看出来了？"

太后轻笑："断肠蛊。叶妃这些年，真是毫无长进。"

苏霜岚经过太医院，正想着要不要进去请相熟的太医给自己诊脉试试，就有一位年轻的男子走出来对她微微行礼："苏姑娘好。是否有哪里不舒服？在下乃是太医院首座的首徒林寒，愿为姑娘诊脉。"之后立即用极低的声音说道："在下是受了封平的托付。"

苏霜岚会意，跟随他入内诊脉。然而林寒搭脉半晌，却摇了摇头，歉疚地说道："让苏姑娘见笑了，在下实在诊不出姑娘有什么不适……姑娘一切安好啊！"

苏霜岚意料之中地笑笑："寻常的毒，就不劳烦你了。还是多谢你。"

"要不，我找个借口，让首座为你诊脉？"

"不行，"苏霜岚一口否决，"知道的人越少越好，否则有危险的人会更多。替我谢谢封平。"她又低声问道："不过，你怎么知道我会从太医院经过，还正好在那里等着我？"

林寒也低声说："现在姑娘的行踪根本不是秘密,满宫里的人都盯着你呢,这宫外面买你和灵萝公主输赢的盘口都不知道开了多少家!"

苏霜岚心里一毛,有些哭笑不得,她看着林寒,突然一个坏笑:"你买的谁赢?"

林寒不自在地笑笑,声音压得更低:"我呢,大部分买了灵萝公主赢,小部分买了姑娘赢,不过,我最大最大的部分,买了王爷赢!"

"什么?还有王爷这个选项吗?"

"当然啊!大家都买王爷赢啊!不管你们俩谁赢,王爷都是最大赢家啊!"

苏霜岚顿时无语,没好气地白了他一眼。

三日后的清晨,苏霜岚刚起身梳洗完毕,便有小太监匆匆来告诉她,南华国灵萝公主已经派人入宫了,专门送信给她,现正在向皇上呈阅信笺。

苏霜岚连忙赶到皇上处,公主的信使已经离去,皇上的神情颇为担忧,将信笺递给她。她接过来一看,只见上面写着满满一页的南华国古语,鬼画符似的蜿蜒崎岖。

苏霜岚暗自咬牙:"这是还要去求慕容峻翻译啊?灵萝公主脑子是不是被水泡了,到底怎么想的?这是给我一个见她的梦中情人的机会吗?"

皇上说道:"明明满纸的陷阱,却没有人能看懂。如今也只有你走一趟了,想来灵萝公主也不至于有能力凭着一张纸就将你给赢了,何况还有峻儿可以给你出出主意。"

苏霜岚脸上的笑比哭还难看:"皇上,您觉得王爷会让我进去吗……"

皇上想起慕容峻说的让胜出的人自己进府,想必现在王府已经很难进入,便递给苏霜岚一块金漆腰牌:"拿这个去,代表朕的意思。"

苏霜岚带着腰牌出了宫,还没走到荣亲王府,老远便看见成安急匆匆朝着自己走来。成安见到她立即行礼:"未来的王妃金安!"

苏霜岚一把拉起他:"这是大街上!你生怕别人都不知道我是谁?"

成安笑着说道:"无妨,无妨。老奴是特意出来迎接您的,不过您可不能入府了,王爷被软禁在府内也出不来,所以老奴代为迎接。"

苏霜岚十分疑惑:"你怎么知道我要来?"

"说书人每天清早准时开讲,您的行踪在这里,真是无人不知、无人不晓啊。"

苏霜岚简直是一脑门子汗,深宫内院的事情,宫外的人竟能这么快就都知道了?

成安似乎知道她在疑惑什么，解释道："各个宫门的守卫们，每天早上换班的时候都会喝茶吃酒聊天，所以……"

苏霜岚随意挥挥手："算了算了，我为什么不能进去？"

成安朝着王府的方向努努嘴，苏霜岚仔细一看，王府墙头已被密密麻麻的碎瓷片和尖利的钉子铺满，四周还挂着防盗用的红线响铃。而王府门口的侍卫，比平时多出一倍。府内的情况虽然看不见，但有多么森严也可想而知。

苏霜岚简直气不打一处来："我这都是为了谁？他竟然布置得如此严密？"

成安连忙安慰："不不不，未来的王妃您千万不要误会！这些侍卫都是奉旨监督王爷软禁的，至于其他东西……都是府中的人自发布置的，府中的人……大部分都是叶贵妃的人。未来的王妃，您可千万要小心，府中的杀手，光是老奴瞧见的，就不下十二个。"

苏霜岚微微沉默，问道："你家王爷怎么说？"

成安好像不想回答这个问题，被苏霜岚追问了几遍才回答："王爷说……请姑娘别再多管闲事，输掉比试立即回家……"

苏霜岚气得翻了翻白眼："我真的很想立即回家！"她掏出那页信笺塞给成安："去，问问你家王爷这到底是什么意思，要是灵萝公主写给他的情书，我立马回家！"

成安忙不迭地向府内奔去。

慕容峻看完信笺，"唰"地拍在桌案上，斥道："卑劣！"立即吩咐成安："去告诉她不必比试了，我自会想法子打发那个公主。"

成安依言向苏霜岚禀报，苏霜岚十分好奇："写了什么？卑劣？什么比试能用卑劣形容？"

成安摇摇头："王爷没有说，老奴也看不懂啊。未来的王妃您还是听王爷的吧，出嫁要从夫呀！"

苏霜岚简直被他说的话麻得浑身一紧。之后很快不在意地说："你家王爷不愿意帮我翻译也就罢了，我去驿馆找灵萝公主就是了。"

成安连忙阻拦："不可不可！那公主狡猾得紧，您怎能单独去找她？这样这样，老奴再去问王爷一回，您可一定等着我，别走了啊！一定啊！"说着又匆匆奔回府里去了。

苏霜岚偷笑，心里说："慕容峻啊慕容峻，你这个老仆人，比你可爱多了！"

慕容峻听完成安的话，皱眉沉吟道："往日，你不是很会打发那些前来叨扰的人吗？"

成安"嘿嘿"笑了两声："老奴对着未来的王妃……啊不，是苏姑娘，就一点儿法子也想不出来……"

慕容峻不想揭穿他偏袒苏霜岚的心思，看着桌上那信笺说道："一、只用一种物品，在今夜之前，铺满长宁的大街小巷；二……"他停住，表情十分不快，成安疑惑道："王爷您怎么了？二是什么？"

"在大街上亲吻……二十名成年男子！"慕容峻冷哼，"下作！"

成安大骇："这！这是什么比试？"

慕容峻重重呼气："还有三。"

成安惊诧："三？二都这样了，三还能听吗？"

"卑劣。"慕容峻再次吐出这个词。

苏霜岚等得有些不耐烦，成安终于出来了，支支吾吾地跟她说了信笺上的内容；有些不敢看她。可苏霜岚的表情好像只是在研究要如何应对这三件事，并没有任何恼怒的意思。

成安不解又担忧地问道："未来的王妃您不担心吗？也不生气？"

"哪有那闲工夫？"苏霜岚想了想，"宫里……皇上虽然会帮我，只怕叶贵妃会阻拦，宫里人是指望不上了，唉，成管家，你那里能有多少人手能借给我？"

成安立即明白过来，但还是担心："老奴能给您找到两三百人！但是就算有两三百人，想把这偌大的长宁城的街道全都铺满，这几个时辰之内也做不到啊，再说您打算用什么铺？老奴立即吩咐人去办，看能不能来得及！"

苏霜岚"扑哧"一笑，拍了拍他的肩："别担心，别担心，你只要给我找到这些人，剩下的事情，我再告诉你怎么办。"

成安虽然不明白，但他十分信任苏霜岚，连连点头："您放心！这些人小半个时辰就能集齐！"之后又不安地问道："那剩下两件事……"他很是恼火："南华的公主真是没安好心！您如果当街亲吻了二十名别的男子，即便您以后成了荣亲王妃，一定会被人说成风流荡妇的！您的名声就毁了！王爷的脸面也不好看啊！"

苏霜岚看着成安那着急的样子，突然心念一转，凑近他盯着看："你家王爷，有没有亲过别的女子？"

成安没想到她会这样问，结结巴巴地说："没……没……没有啊。"

苏霜岚眯着眼盯着他："果真没有？那……有没有侍妾什么的？"

"没有，更没有了！王爷本就洁身自好，何况一心忙于朝政，又时常征战在外，哪里会……"

苏霜岚撇撇嘴："没有经验，那第三件事要怎么做？"

成安哆哆嗦嗦，把苏霜岚的话原封不动地说给慕容峻听，不时瞟瞟慕容峻的表情。

慕容峻面无表情地听着，听到最后渐渐有些面红耳赤、烦躁不安，不自在地说道："她……她想干什么？"

成安哭丧着脸说道："苏姑娘说，王爷不配合她就只有去南华国当驸马了……"

慕容峻鄙夷地看了一眼成安："你这是什么表情？"

"老奴不知道该高兴还是该担心。老奴一边担心您和苏姑娘真的当街就……老奴又一边高兴苏姑娘愿意和您当街就……"成安不敢看慕容峻的眼神，自顾自地说完，继续哭丧着脸。

慕容峻想起那第三件事，连脖颈都有些微微泛红。他很快平静下来，淡淡地说道："不必担心，前两件事，她未必能完成。"他瞟向成安，"你是不是下了很多钱买她赢？"

成安哭丧得更厉害，悲戚地点点头。

慕容峻更为鄙夷地看着他，但不知怎的说了一句："你可以再去买点儿。"

成安眼睛一亮："王爷觉得苏姑娘能赢？王爷愿意配合苏姑娘完成第三件事？"

慕容峻看向门："出去。"

长宁城中最大的布告栏上，铺展开一幅巨大的白布，上面写着灵萝公主刁难苏霜岚的三个问题。围观的百姓越来越多，有识字的出来大声念着，引起百姓们一阵阵惊呼。

"用什么东西才能铺满街道啊？现在还没开始铺，到了夜里能铺完吗？"

"当街亲吻二十个男人吗？啧啧啧，这样的人也能当上王妃？"

"和王爷一起颠鸾倒凤？"

"啊？那……那……那……难道我们都能看到这种事？"

"这上面是这么写的呀。"

劲爆的消息不胫而走，所有人都奔走相告，整个长宁城陷入一片准备偷窥隐秘的欢腾之中。

酒家二楼靠街的雅座内，苏霜岚和封平面对面坐着。

封平看着满城躁动的人们，侧脸看向苏霜岚，只见她含笑嗑着瓜子，并不担心的样子。封平微微放心，问道："还需要做什么？"

"到晚上掌灯之后再贴一幅布告，写上我完成这三件事的时间地点，他们一定会准时来观看的。"

"这样大张旗鼓，是为了让所有人来见证吗？"

"嗯，可不是嘛。灵萝公主用南华古语写了比试内容，这么秘密的内容没有几个人能知道，到时候比试结果还不是她说了算？她说我赢就赢，她说我输就输。"苏霜岚不屑道，"我能那么傻？当然要多找些人来见证，才叫她无法抵赖。"

"看来苏姑娘很有把握。"封平欣慰，"这下我们就放心了。"

苏霜岚笑起来："你家王爷不知道能不能配合呢，离放心还早。"

驿馆。

灵萝公主听着下人的回报，面色阴沉。一旁的瀚木说道："微臣早就提醒过公主，荣亲王很难对付，眼下说不定就是他在背后指点苏霜岚做这些事！不然凭那个小女子，能想出这种法子闹得尽人皆知吗？"

"尽人皆知又如何？我倒要看看她如何完成这三件事！天已擦黑，城中街道还没看见一件东西，这第一件事她就完不成！"

半个时辰过后，天已全黑，下人前来禀告："启禀公主，城中所有街道均挂起了灯笼，连阴暗角落都有灯笼照亮，所有街道全被光亮充满。现在城中百姓都在纷纷议论苏霜岚的聪慧。"

灵萝公主大惊，站在驿馆最高处向城中望去，果然看见处处亮光，所有街道呈现出一片纵横交错的闪耀光芒。还有人在带头呼喊着："烛光铺满了街道！烛光铺满了街道！"

又过了半个时辰,下人又来禀告:"启禀公主,城内中央的拱桥上,苏霜岚架置了很多面镜子,让二十名男子站立于各个不同的角度,之后她站在最前方的一面镜子之前,就能在镜中同时看见那二十人,于是,她对着镜子亲了一口。"

灵萝公主愤恨地闭了闭眼睛,赌气说道:"我就不相信她能做到第三件事!"

荣亲王府。

王府外已经被百姓围得水泄不通,纷纷仰着头看向上方。王府正对面的街道上,苏霜岚站在屋顶高处,大声说道:"感谢城中百姓前来见证我与王爷完成最后一件事。南华国的灵萝公主交代得十分清楚,这第三件事要求不少于四十个人围观。我看现在,四千人都有了呢,是吗?"

"是!"百姓们大声回应。

苏霜岚笑起来:"谢谢各位前来见证。我已经看到,城中最负盛名的十位乐师也来了呢,如此甚好,就请乐界名师给予见证。"说着拿出一把琵琶,坐了下来。

王府中,封平拿出一管洞箫递给慕容峻:"王爷,您听。"

铿锵有力的琵琶声响起,慕容峻稍微一听就说道:"《青鸾》。"再仔细一听,眼中有了惊异之色:"竟是倒着演奏的。"

王府外,那十位乐师也十分惊异地看着苏霜岚。

这《青鸾》是本朝非常流行的庆贺曲调,百姓几乎人人会哼唱几句,然而谁也不曾将曲调倒过来演奏,没想到倒过来之后竟别有一番风味。

王府中,封平也在细细听着,有些奇怪地问道:"苏姑娘为什么要倒着弹《青鸾》?"

慕容峻的嘴角微微扬起,让封平推着自己到了院中,又了看房顶。封平立刻会意,将慕容峻大力一揽,跃上房顶坐下。

"啊!快看快看!那不是荣亲王吗?"

百姓们的目光瞬间被吸引,纷纷看向出现在王府高处的慕容峻。清冷的月光之下,他一身月白色长衫,整个人显现出一种华贵清冷之感,仿佛从前那个不可一世的王爷又回来了。

苏霜岚的手没有停下,继续弹奏着。她看着慕容峻,知道慕容峻已经明白了她的意思。慕容峻将洞箫轻轻放在唇边,一曲低沉悠长的调子缓缓倾泻而出。

百姓们很快反应过来:"王爷吹的是《火凤》啊!"

"对啊对啊,不就是《青鸾》的下半部分吗?"

"咦,可是好像,调子也不太一样啊?"

"也是倒着吹的呢!"

苏霜岚微笑看着慕容峻,慕容峻也一直凝视着她。整整三年,他没有碰过洞箫——曾经自己最爱吹奏的乐器。而今,他竟然又在吹奏了,还是在这么多人面前,还是与她一起,还是为了……为了她能嫁给自己。

慕容峻的神情莫名凝重了一下,他希望她输的,不是吗?可现在他又怎能停止吹奏?

倒着弹奏的《青鸾》和倒着吹奏的《火凤》,居然奇异地配合起来,听起来比原曲更加活泼动人。

百姓们窃窃私语道:"王爷与这苏姑娘是私下排演过吗?合奏起来没有一点儿差错呀!"

"就是就是,看人家两个人多般配,那个南华的公主还想赢?没门儿!"

"这位苏姑娘果然是大家千金,真不是一般聪明啊!"

"刚才在桥上用镜子亲那些男人我就看出来了,苏姑娘真是绝顶聪慧!欸,我有幸被苏姑娘亲了一口,虽然是在镜子里,也太满足啦!"

百姓们静静听着苏霜岚和慕容峻的合奏,一曲终了,一位乐师突然大声说道:"这不就是颠鸾倒凤吗?"

苏霜岚浅浅微笑,听着百姓们不断赞叹她与王爷的聪明才智,对着慕容峻的方向轻轻点头。

慕容峻下意识地点头回应,却又转开头,低声唤了"封平",跃了下去。

苏霜岚碍于众多百姓仍然微笑着,心里却不停地对王府翻白眼:"慕容峻你个没良心的东西,看我怎么收拾你!"

驿馆内,灵萝公主倔强地咬着牙,眼中已隐隐有泪。瀚木劝道:"公主殿下不必为一个残疾人伤心动气,南华国内有的是好男儿尽着公主挑选!再者,即使公主赢了把他带回国去,他也未必能真心实意地对待公主,对我南华国也不见得忠心耿耿,养这样一个祸患在身边,无疑是引狼入室,只怕日后南华国都是他慕容峻的了。"

灵萝显然没有听进去,眼中恨意重重:"三年前于两军交战之中大义求亲被拒,三年后在他大殿受辱时再次请婚再次被拒,还要与一身份卑微的女子比试,竟然再

次……"她恼羞成怒地说道:"这样回南华,我以后还有什么脸面存立于世?"

瀚木叹气:"此行目的已经达成,微臣还要赶回边境接收那五座城池,以免夜长梦多。公主切不可再留在大昭国耽搁时间。"

"知道知道,在你眼中只有那些城池,可有想过本公主的感受?可有想过父皇的脸面?"灵萝公主气恼了一阵,低声对瀚木说道,"本公主命令你,毁了苏霜岚那个贱人,否则,绝不回南华!"

皇宫。

苏霜岚刚一回宫便被皇上叫去,大大赞赏她的聪慧机变,并许诺一定给她筹备一个盛大的婚礼,绝不辱没了她。苏霜岚谢恩之后问道:"皇上这样赞赏臣女,明着暗着帮助臣女,那叶贵妃那边会不会对您不利?您的身体……"

皇上微微一笑:"不必为朕担心。他们一直折磨朕、威逼朕,却没有杀死朕——聪慧如你,应该知道是为什么。"

苏霜岚立刻反应过来,皇上点头微笑:"你猜到了。朕这里,还有一个他们想得到却无法得到的东西。至于到底是什么,等你真正成为荣亲王妃的时候,朕就会告诉你。所以,永远不必为朕担忧,身体上再疼再难受,朕都能忍受,只要最后,最终……"皇上似乎并不十分有信心,深深地叹了一口气。

苏霜岚明白眼前的局面想要扭转有多难,正想宽慰几句,却突然腹痛如绞,冷汗直冒!姜图察觉她的异样,问道:"苏姑娘不舒服?"

苏霜岚张了张嘴,却疼得说不出话,捂着肚子昏倒在地上。

叶贵妃听着罗云竹的回禀,轻哼道:"还没死吗?"

罗云竹小心翼翼地答道:"臣女进去探望,里面站了十来个太医,说是皇上下了死令,一定要将苏姑娘治好……可是苏姑娘双眼紧闭,脸色惨白,身上也没个热乎气儿……臣女都不敢靠得太前,那模样……那模样简直跟死人没有分别……"

叶贵妃轻笑:"你这孩子的形容,真叫本宫喜欢。"她仔细看着罗云竹:"你说说,那苏霜岚傻不傻?为了一个残疾人弄得都快死了呢。"

罗云竹有些不知所措:"臣女有些害怕……好端端的,苏姑娘怎么会突然这样……说到底,苏姑娘也不过是为了她未来的夫君,怎会遭此毒手……"

"毒手?"叶贵妃的笑声里充斥着让人不寒而栗的冷意,"我们自己人遭受意外

才是遭了毒手，若是敌人遭受意外，那叫天意所归，明白吗？"

罗云竹忙不迭地点头，叶贵妃和缓地说道："你倒听话。虽然没有孙芳妍那般通透圆融，不过胜在听话懂事，从不惹麻烦，手也非常巧——你给太子做的荷包很是精致呢，太子挂在腰间总不离身的。"

罗云竹的脸蓦地红了，扭捏地低着头不说话。

叶贵妃笑起来："这样吧，等解决了这些麻烦，本宫向圣上请旨，将你指婚给太子可好？"

罗云竹的头更低了，有些不安地问道："苏姑娘她……真的会死吗？"

"你还在感念她的仗义相助？丫头，这宫里，谁会无缘无故地对你好？她不过是拉拢你罢了。"叶贵妃斜斜看着罗云竹，"这几天你多去探望她吧，也算是报答她拽你一把的恩义。不过，她若没有死透，太医若说还有救，你可要知道该怎么做呢。"

罗云竹不可抑制地颤抖起来，低着的头一直不敢抬起来。

叶贵妃含笑看着她，表情十分笃定。

白茶篇：凤命难违 ①

太后寝殿。

寝殿深处有一庵堂，是太后平日诵经拜佛的地方。此刻，太后在一张大几案前，端端正正地抄着佛经。房中平日无人开启的侧门突然打开，缓缓走出一个人。他的步履有些沉重僵硬，走到太后面前着实费了一番力气。

太后虽仍然抄着佛经未抬头，却微微一笑："罢了。"

那个人却没有停止行礼，仍生硬艰难地下跪，行礼道："皇祖母万安。"

太后停了笔，看着那个人笑道："三年了也没来给哀家请个安，今天倒用上密道了。看哀家不去禀报皇上，狠狠罚你私自出府的重罪！"

那个人抬头，正是慕容峻。

太后揶揄地看着他："费了这么大劲自己走来，所为何事？"转而皱眉道："你不会对自己用蛊吧？"

"不是，孙儿怎会对自己用蛊？孙儿能缓缓行走，多亏了苏姑娘的良药。虽然孙儿也不知她怎会有这样神奇的药丸，但那药确实能减轻孙儿不少疼痛。"慕容峻恳切地说道，"孙儿希望皇祖母能出手救她一命，眼下唯有皇祖母能救她！"

太后调笑："她能调制出让你暂时行走的药丸，连这点儿普通的蛊毒都应付不了吗？"

"只怕她并不知道这是蛊毒。"慕容峻神色担忧，"据说是突然被叶贵妃灌了药，人医们都看不出来是蛊毒。"

太后绕过几案走到他面前，伸手扶他起身，笑呵呵地说道："你可是轻易不开口求人的，哀家知道。不过哀家也曾答应先帝，双手再不涉蛊。除非，能有十分打动哀家的理由。"

慕容峻看着太后，知道太后的条件绝不会简单，但他仍然说道："皇祖母请说。"

"哀家不是大昭国人，是和亲来的。哀家的母国西淼地少人稀，势力微弱，这些年西淼与大昭相安无事，就是因为联姻，因为大昭国皇帝有着西淼的血脉。所以哀家深信，唯有联姻，并且诞下拥有两国血脉的皇子来继承皇位，才能永保西淼国的太平。"

慕容峻已经明白了太后的意思，暗暗咬了咬牙，拒绝的话忍在嘴边，镇定地说道："父皇已经立了六弟为太子，皇祖母这番话，应该对六弟说。"

太后笑道："他？哀家就算不去说，他那事事谋算的母妃，也会来求着哀家说这番话的。倒是你，与他十分不同，你是不会随随便便娶一个女子的，无论那女子是什么身份、什么来头。四皇孙，这是你的优点，也是你最大的弱点呢。"她拍了拍慕容峻的肩头，"皇祖母也不要求你只娶一人，若有朝一日你重登太子之位，甚至继承大统，只要你迎娶西淼的一位公主，就行。"

慕容峻半晌没有说话。

西淼虽然势力微弱，然而国中盛行蛊术，其中最为狠辣阴毒难以破解的蛊术秘法，全都被皇族掌握。宫中曾有传言，先帝之所以特别宠爱太后，是因为被太后下蛊无法自拔。但又因太后曾用蛊术暗中替先帝收拾过一些难以制服的臣子，所以太后一直荣宠不衰，蛊术也没有被禁绝。即使狠辣如叶贵妃，也是断断不敢得罪太后的。

太后只要求迎娶西淼公主，但对是否作为正妃、是否立西淼公主所生儿子为太子之类的事情毫不在意，更加证明了她对西淼蛊术的绝对信服——只要西淼公主进入皇族，后面的事情是丝毫不必担心的。

于公于私，这件事都与慕容峻的秉性完全违背。

"哀家知道，你很早就说过，这辈子只会迎娶一位正妃，并且爱她终老。"太后笑笑，"这不过是小孩子的豪言壮语，对所谓爱情的美好期盼。你现在经历了人生的大起大落，还如此执着吗？眼下你需要集齐各方面能帮助你的力量，无论是什么力量都应该试一试，待你重回巅峰，再去执着所谓的爱情也不迟。西淼公主所执着的，从来都不是爱情——这一点，你大可放心。"

慕容峻沉声道："皇祖母就如此笃定孙儿一定会重回巅峰吗？一个双腿废了的孙儿？"

"呵呵呵……"太后的笑意深远，"你的六弟，各方面都不如你，差得太远了。如果没有他的母妃，他早就不是你的对手。不过眼下的情势急转，你也遭遇了很多困境，结局如何还真不好说——所以哀家，当然不会只对你一个人说这番话。西淼的公主，从来都只会嫁给未来的皇帝，绝不会是一败涂地的失利者。"

精明的太后，两手准备，只为给西淼的公主踏入大昭国皇宫铺路。

慕容峻略略思忖，点头说道："孙儿明白了，恳请皇祖母出手相救。"

太后难掩喜色："你是一诺千金的人，好！苏霜岚的命，哀家负责了。"

慕容峻行礼拜谢，从密道缓缓离去。

太后微微叹了一口气，贴身老宫女入内询问："太后娘娘，可谈妥了？苏霜岚那边，怕是挨不过两个时辰了。"

"谈妥了。还好他来得快,若再迟些,可是大罗神仙都救不回来了。"太后"呼"地舒了口气,"哀家还以为自己算错,真怕他不来了呢。"

"怪只怪叶妃下手太狠,这次断肠蛊的药量增加了数倍,不然也不至于如此手忙脚乱。"

太后点头吩咐:"你快去吧,别耽搁了。"

"是,奴婢这就去办。"

太医们聚集在苏霜岚的寝室外,不停商议着对策。药罐子里一直煎着药,浓浓的药香四散开去。老宫女只身而来,说是奉了太后旨意前来探望,很快进入房中。趁着四下无人,迅速将一枚深红色的药丸压入苏霜岚口中,又迅速地离开了。

入夜,太医离开大半,只有两位太医留下值守,还有一个小宫女在煎药。屋顶上一个黑色身影匆匆而过,很快翻进了苏霜岚的寝室,没有引起任何人的注意。

黑衣人走近苏霜岚细细查看,发现苏霜岚仍在昏迷,便大胆地伸手,打算解开她的衣扣。不料一枚暗器射在他的后颈,他吃痛之下迅速四下戒备,却没有发现敌人在何处。他不敢恋战,直接翻上房顶,很快跑远了。

屋外的小宫女听到动静走了进来,看苏霜岚仍在昏睡,将窗户紧了紧,又走出去煎药了。

驿馆。

瀚木看着手中的暗器,形状奇特,一颗小圆球上分布着一些长短不一的铁刺,刺尖颜色较深,应是淬过药物。

刚才的黑衣人站在瀚木面前,说道:"应该是麻药,我脖子上是酥酥麻麻的感觉,我怕自己昏在当场就立即回来了。麻药的成分应该不高,否则我哪里还能跑回来?"

"完全没看见是什么人?"瀚木疑惑,"以你的身手,不可能连敌人在哪里都看不清。"

"确实什么都没看见,我也十分奇怪,简直跟见了鬼似的。"

瀚木沉吟:"是谁在暗中保护她?荣亲王的人,还是皇上的人?"

"不清楚,但一定是十分厉害的高手。"

瀚木略微思索:"看来,暗的不行,就来明的好了。"

苏霜岚昏昏沉沉，觉得自己的脑袋重得像是抬不起来，极力想睁开眼睛，却怎么也睁不开。迷迷糊糊之中，听到有人走近自己，恍惚中这个人在解自己的衣扣，一颗，又一颗。

苏霜岚感觉自己的衣衫被解开，然后这双手将自己的衣衫拉扯得十分凌乱。她感觉特别不好，极力睁开眼睛，正好看见罗云竹正在脱自己的外裤。

她连忙闭上眼睛装着还没有醒来，罗云竹脱掉她的裤子，又在地上摆弄着什么。她微微睁眼，看见地上躺着一个人，一个并不认识的年轻男子，看装束打扮像是宫中侍卫，正低声和罗云竹说着话："罗姑娘，这……这能行吗？等会儿皇上来了，知道我玷污未来的荣亲王妃，那……那我还能活吗？"

"你放心好了，一切有娘娘担待，你只要按照计划说对你记好的词儿，娘娘一定保你性命！"

苏霜岚心中大惊，浑身却酸弱无力，不能动弹。正在焦急，只听外面一声通传："皇上驾到——"

苏霜岚用力攥紧左手，可是力气很小，并没有银白色的光芒流泻出来。听着皇上的脚步声越来越近，她急得额头冒汗，可因为虚弱，始终无法让时间静止。忽然眼前一花，一个人影闪现在眼前，这个人的左手有绚丽光芒流转，罗云竹和那个侍卫已经一动不动了。

那个人背对着她，身着洒金花绣云纹的暗黑绸缎长衫，透着一股奢靡轻佻的气息，看身形是个年轻男子。男人没有转过身，忽地偷笑一下，说道："还不起来穿好衣服？我可是忍不住要看啦！"

苏霜岚反应过来，挣扎着坐起身，虚弱无力却尽量迅捷地穿上衣服。而在她穿衣服的空当，那男子已经将罗云竹安置在床旁的椅子上坐好，又将地上的侍卫扛起，直接从窗户丢了出去。

苏霜岚一惊："外面是池塘！"

那个人潇洒地拍拍手，声音轻快活泼："不是池塘我还不丢呢。"他仍然没有转过来，问道，"你穿好了没？我可要看咯。"

"好了。你是谁？"

那个人哈哈一笑："帮了你那么多次还是不知道，笨死了可怎么办？"

苏霜岚看着他的左手："你是……沧澜族的人吗？"

那个人又嘿嘿一笑，还是没有转过来，笑嘻嘻地说道："你中的是蛊毒，叶贵妃给你下的断肠蛊，太后派人来给你解了。灵萝命令瀚木把你给毁了，瀚木昨夜就派了人想玷污你的清白，不过有我在没有得逞，今天又派了这个罗云竹来栽赃嫁祸，你自己小心吧。"说着左手有缤纷的光芒流转，一下就消失了。

苏霜岚根本来不及反应，时间已经重新运转。门瞬间被打开，皇上走了进来，见她坐在床边，欣喜地问道："好多了吗？已经能坐起来了？别行礼了，坐着吧！"

罗云竹跪地行礼之后找不到那侍卫，大惊失色地回头看向床边，苏霜岚好好地坐在那里，衣衫整齐，毫不凌乱。叶贵妃眼中更是难掩惊奇疑惑，看着罗云竹的眼神全是质问。

苏霜岚不动声色地坐着，皇上看起来十分高兴："昨天太医还说用药的成效甚微，今天竟已能坐起来了，真是吉人自有天相！"皇上吩咐左右道："好好伺候着，宫里有上好的补身药材，都尽着苏霜岚用，大婚之日在即，可不能再出岔子。"

这几日侍奉苏霜岚的太医宫女纷纷答应着，叶贵妃已经收敛了惊异之色，温和地笑着说："皇上可是真担心你，未来的荣亲王妃。啊，不对，王爷说过，要进得他府中才能被他承认呢，不过你大可放心，不论王爷是否承认，皇上都一定会承认你这个儿媳妇的，皇上，您说是吗？"

皇上亦是微笑："能在那么短的时间内，轻易化解南华国公主的三个刁难，想来进入荣亲王府，也并非难事。你好好歇着吧，待身子大好了再来当值。"

叶贵妃笑道："皇上糊涂了，苏姑娘都已经是您未来的儿媳了，怎么还要去当值？"

"待在朕的身边，有朕的龙气镇压，才能免受魑魅魍魉的荼毒侵害。"皇上瞟了叶贵妃一眼，笑着说，"爱妃，你说是吗？"

叶贵妃干笑两声："是，有皇上在，还有什么好怕的呢？苏姑娘好福气呢。"

苏霜岚起身谢恩行礼，皇上挥挥手要她作罢，带着一行人浩浩荡荡地离开了。罗云竹跟在最后，怯生生地回头看着苏霜岚，勉强对她笑笑，苏霜岚装作什么事都不知道，也对她点头微笑。

叶贵妃寝殿。

罗云竹站在叶贵妃面前不住地发抖，终于在叶贵妃的逼视下"扑通"跪倒在地，不住地说道："我真的布置好了一切！可不知道怎么回事，什么都没了，我真的不知

道是怎么回事啊！娘娘明鉴，臣女真的没有背叛娘娘！"

叶贵妃的脸上阴云密布，阴沉地盯着罗云竹，没有说话。罗云竹害怕得说不出话来，眼泪不争气地涌了出来。这时，一宫女走进来禀报："启禀贵妃娘娘，李侍卫溺毙了。"

罗云竹更加害怕，因为她亲眼看到那个消失的侍卫从池塘爬出来，惊魂未定之时就被叶贵妃的人带走了，现在居然溺毙了，一定是叶贵妃派人杀死了他！罗云竹叩拜在地不敢抬头，带着哭腔说道："贵妃娘娘明鉴，明鉴啊！我真的……真的按您的吩咐做了，可是不知道为什么，什么都没了！我真的不知道为什么啊！"

"你去吧。"叶贵妃说道，"本宫相信你。不过今天这事儿，若是让本宫听到一点儿闲言碎语，你可知道本宫的手段。"

"我绝不敢，绝不会多说一个字！请娘娘放心！"罗云竹磕头如捣蒜，战战兢兢地退出殿外。

叶贵妃的身后缓缓走出一个人，正是池旧。他笃定地说道："不像是装的，看来的确发生了一些她根本不知道的事。"

叶贵妃有些紧张："你是说有人暗中帮助苏霜岚？帮她穿好衣服，把李侍卫丢进池塘，把罗云竹安置在椅子上？谁会这样做？谁有这样的能力？"

"娘娘心里已经知道是谁了，"池旧显得有些兴奋，"终于出现了，等了这么多年，终于有迹可循！"

叶贵妃不耐烦道："连人影都没见到也叫出现了？依你看，会不会是苏霜岚自己做的这些事？"

池旧摇头："感觉不像，她若有这般能力，怎么轻易被娘娘灌下断肠蛊却不自救？如果当时是伪装，那事后也没有给自己剔除蛊毒，还差点儿命丧黄泉。一定是有人暗中帮助她。"

叶贵妃不悦地说道："难道她家祖上也对沧澜族有过大恩？沧澜族避世多年，若非事出有因，平常人根本找不到他们的踪迹。连本宫都是追溯到几百年后，才好不容易找出来一个！"

池旧并不关心那些，依旧兴奋道："不管怎样，她都与沧澜族有着千丝万缕的联系，即便她本人并不清楚。以后只要盯紧她，自然会找到沧澜族的人！"

叶贵妃瞟他一眼："你想要做什么，本宫管不着，但在那之前，你一定要替峰儿扫除一切障碍！"

池旧的笑意寒凉："当然。"

苏霜岚渐渐恢复生机，细细回想救自己的那个人，难道从前丢字条暗示四皇子即将被杀的神秘人物，也是他吗？他左手流泻光芒，有暂停时间的能力，看来也是沧澜族的人……

沧澜族。

一个古往今来最为神秘的种族。

一个凌驾于时间之上的高贵族群。

沧澜族人曾辉煌一时。因为他们特殊的能力，曾让当时的帝王护若至宝，依靠他们在时间之上游刃有余，能挽回已成败局的战争，能救活已经死去的亲人，能更改平淡无奇的命运。那时候，沧澜族人的地位十分显赫，族长封王拜相，封地的府邸奢华瑰丽，仆役成群。

然而很快，多疑的帝王开始猜忌，担心沧澜族为他人所用，危害到自己的江山社稷，于是开始大规模屠戮沧澜族人。沧澜族人虽有特殊能力，却也因中了圈套而死伤大半，剩下的族人逃亡避世，最终选定了一座深山作为定居点。在此过程中，一位叶姓大臣给予他们极大的帮助，挽救了不少沧澜族人的性命，于是族长在封山避世之前，将代表沧澜族的玉佩送给这位大臣，许诺他若有难，可用此玉佩找到沧澜族人，提出三个要求，无论要求是什么，是好是坏，沧澜族人都会遵守承诺，为他排忧解难，绝不反悔。

这位叶姓大臣，正是叶贵妃的先祖。

叶姓大臣终其一生，只用过一次玉佩，于是这玉佩又传给后代，直到叶贵妃的手中。叶贵妃第一次使用玉佩，成功扳倒了皇后；第二次就用于帮助自己的儿子慕容峰。然而在第二次使用玉佩时，她百般寻找也无法找到沧澜族人，却机缘巧合找到了早已因故远离沧澜族群居地的苏霜岚的爷爷。

苏霜岚的爷爷，正是沧澜族人。虽然不与其他沧澜族人居住在一处，也不再来往，却仍然恪守着先祖遗留下来的承诺。只是他秉性良善，不愿赶尽杀绝，于是在逆天转势的时候，以特殊方法留下了能让慕容峻逃出生天的生机。然而因为苏霜岚的突然触碰，导致命盘见血，将生机变成了杀机，这才致使慕容峻重伤差点儿死去。

苏霜岚记得爷爷说过，沧澜族人的左手都印刻有"时间之轮"，平时不会显现，只有催动轮转的时候才会有光芒流泻，而且每个人的时间之轮作用都不同，颜色也不

第九章 暗中求情

一样，比如她的银白色时间轮表示能够暂停时间，夕阳金代表能够回到过去，玫瑰红代表能够穿梭未来，深黑色代表能够破除周围时间之轮的效力。爷爷手中的时间之轮是仿若海上忽然闪电的霹雳蓝，代表着能够逆天转势。霹雳蓝色最为罕见，通常一代沧澜族人中，只会出现一个。

那个人左手流泻出来的，是五彩缤纷的光芒，这是什么意思？爷爷没有说过啊。

苏霜岚摇摇头，想不通就先不想了，那个救她的人看起来是友非敌，也许会再次出现。不过太后为什么会救自己？若说太后是西淼国公主，精通蛊术，但为何会对自己出手相救？

正在疑惑，太后身边的老宫女已经走到眼前，笑起来很是温和："苏姑娘大好了？太后娘娘还一直惦念呢。"

苏霜岚行了一礼："臣女多谢太后娘娘挂念，如今已经大好了，请太后娘娘放心。"

"太后娘娘吩咐奴婢来传话，若是姑娘身子无碍，请到太后寝殿一叙。"老宫女仔细看着苏霜岚，笑意仍然温和，"灵萝公主已经先到了呢。"

太后寝殿的庵堂内，慕容峻从侧门缓缓走出。他不清楚太后为何忽然请他前来，还是从密道这样秘密潜入。不过他还是按照太后的吩咐静静待在庵堂内，站在厚重的垂帘后面向正殿内望去——

太后微笑着坐在正座上，殿中站着灵萝公主和苏霜岚。太后温言笑道："虽然你们为一个男人争得不可开交，不过哀家想着大昭与南华以和为贵，所以今日请你们前来小聚，算是哀家当个和事佬，希望你们以国家为重，不再明争暗斗。"

苏霜岚没想到一向不问政事的太后居然会为此事操心，当下向灵萝公主看去，微笑着说道："臣女当然愿意与灵萝公主言归于好。"

灵萝公主却只是用眼角看了看她，没好气地说道："本公主没那个心情。"

苏霜岚了然一笑，并不生气。太后也笑道："灵萝公主好大的脾性，连哀家这个老人家的面子都不买。按辈分，你还要称哀家一声姑奶奶呢。"

苏霜岚这才想起，西淼的公主也有去南华国和亲的，这位灵萝公主的母亲正是西淼的一位公主。怪不得灵萝公主能心甘情愿地入宫来听太后训话，原来是母家的长辈，总要给三分薄面啊。

灵萝公主不情愿地撇嘴，行礼道："皇姑奶奶。"

太后满意地点头："你在大昭国闹成这个样子，你父皇母后根本不知情吧？大约只遣了瀚木前来议事，你的婚事只是顺带，并不能强求，没想到你如此胆大妄为。"太后突然冷了脸，严肃地说道，"别的也就罢了，挑衅比试也算公平，但故意毁人清白这种恶劣行径，你是要哀家通告南华国上下臣民，令你再也无法在南华立足吗？"

　　灵萝公主害怕起来，虽然并不清楚太后是怎么知道此事的，但她深深明白这位姑奶奶的厉害，当即跪下求道："皇姑奶奶饶了我吧！都是我一时糊涂！好在……好在苏霜岚毫发无损，并没有伤害到她呀！"

　　太后厉声呵斥："有害人之心就是不该！若不是哀家运筹帷幄，好端端的清白姑娘，就要被你毁于一旦！你还好意思说没有心情与她和好吗？"

　　苏霜岚看着太后的样子，一副真心实意为自己出气的模样。如果不是她知道是谁在紧要关头帮助了自己，几乎就要相信太后是一个主持正义、心怀善念的慈祥老人了。不过太后是如何得知此事的？是在叶贵妃那里有眼线，还是在驿馆安插了眼线？

　　她装作并不知情的样子问道："太后娘娘，什么毁人清白？我最近都没有见过灵萝公主呢。"

　　灵萝公主还在求情："我愿意与她握手言和，只求皇姑奶奶别对父皇母后说起此事！别对南华国的任何人说起！皇姑奶奶，求您了！"

　　太后的脸色缓和下来，用眼神示意身边的老宫女。老宫女走上前来，手中的托盘里有一碗茶，递到灵萝公主面前。太后说道："给苏姑娘敬茶，她若愿意原谅你，哀家也不会多事。"

　　灵萝公主眼中愤恨丛生，却不得不端起茶碗递给苏霜岚："苏姑娘请喝茶，本公主……我以后再不会冒犯你！"

　　苏霜岚也不想再和她纠缠，接过茶碗喝了下去，然后伸手扶着灵萝公主起来，说道："虽然我并不知道出了什么事，但即便是很严重的罪过，就像你说的，我并没有什么损伤，我也就不再计较。希望两国世代和平，永不开战。"

　　灵萝公主轻"嗯"了一声表示同意。

　　太后十分开心，一左一右拉了她们俩的手，坐在身边说话。

　　垂帘后的慕容峻却紧紧握住了拳头。他清楚地看到，在苏霜岚喝下茶之后，她的后脖颈上仿佛有一条黑色的蛇，不断地游来游去。那黑色的波纹雾气在她脖颈上闪现了很久，才渐渐隐去。

　　慕容峻清楚地知道，这是蛊术。

那碗茶里下了蛊。

他不耐烦地看着太后、苏霜岚和灵萝谈笑风生，又仔细看向苏霜岚，见她并没有丝毫不适的样子，脸色红润，气息平缓，心里更为忧虑——这往往意味着毒性更强更狠。

苏霜岚和灵萝公主终于离去，太后慢慢踱步到垂帘后，慕容峻沉住气没有先开口，只是眼神幽深地望着太后。

太后笑道："看到什么了？"

慕容峻平静地开口："皇祖母不是曾答应先帝，再也不涉蛊术了吗？"

"不是已经为哀家的皇孙破戒了吗？"太后笑得十分温和，"哀家救了她呢。"

"既然救了，今日又为何要害？"

太后意味深长地一笑："不是害，只是控制，以防万一。"她看向慕容峻的眼睛："皇孙啊，你像极了你的母后，其他的事都懂得变通，唯独感情——不是全部，就是没有。"

慕容峻眸色深沉。先皇后本与皇帝十分恩爱，但在皇帝移情叶贵妃之后，竟有病拒治，宁死也不再见皇帝一面。她是那样决绝刚烈，相爱时倾心付出，断爱时绝不拖泥带水，绝不允许自己的感情有第三个人存在。

"从前哀家进宫后，最担心的不是得不到先帝宠爱，而是害怕先帝心中有一个女人，一个他愿意用性命去换的女人。一旦男人心中有这样一个女人，但凡什么事情侵害到这个女人的利益，任何事情都会被他抛到九霄云外。历史上因女人误国的君王还少吗？"太后的眼神透着狠厉，"哀家绝不允许任何威胁到西淼国的事情发生！"

原来太后还是不放心。即使得到了慕容峻日后愿意迎娶西淼公主的承诺，她仍然无法完全放心。她担心即将成为荣亲王妃的苏霜岚，在慕容峻心中的地位越来越高，直到旁人无法逾越的高度，那么，即使西淼公主成功嫁给慕容峻，也终将成为摆设，半点儿不能帮助西淼国。

慕容峻挑起嘴角："皇祖母是对自己国家的至高秘术没有信心吗？传说中能俘获控制任何人的神奇蛊术，还惧怕一个男人的心里到底有什么吗？"

太后微微一顿。

从前一个和亲的西淼公主所遭遇到的帝王，就是一个深深爱着另一个女子的男人。这位公主用尽所学，甚至在帝王身上放置了勾魂蛊让他只想着自己，帝王却仍然

在偶尔清醒的时候想起他深爱的女人。最终，帝王为了摆脱这位公主，选择自尽，并且将一切罪责嫁祸给这位公主。西淼国因此事被帝王的儿子讨伐，几乎灭国。

每每想起此事，太后便不寒而栗。她稍稍整顿心神，眼角含笑："哀家刚才说了，只是以防万一。给她下的蛊虽然厉害，但若你没有爱她爱到连命都可以不要，哀家是不会催动蛊虫的，她会一直平安康健的。"

慕容峻冷静地说道："皇祖母过虑了，孙儿对她没有这种想法。"

"眼下大约是没有，以后可就难说了。"太后看似十分了解地笑着，"你可以说反话，可以故意不理会她，但你的眼神，很难作假。从你亲自来求哀家救她那一天开始，你就已经身不由己。不必再说狡辩的话，哀家只想告诉你，日后若成为太子，就必须迎娶西淼的一位公主，若登基为皇，就必须让西淼公主所生的儿子继承大统。若你做不到，苏霜岚的命，可随时都捏在哀家的手里。"

一丝冷厉从慕容峻的眼中划过，他的语气却还是淡淡的："如果皇祖母担忧的事情并没有发生，岂不是白白害了一个无辜的人？"

太后的笑意更浓，"如果以后，苏霜岚真的只是你生命中一个可有可无的人——"她笑得更为爽快，"那她的死活，与你又有什么关系呢？"

荣亲王府。

慕容峻回到府中就立即招来成安："陆久安还在临西城镇守吗？"

临西城是大昭国与西淼国的边境界城，一直由陆久安将军负责镇守。因为大昭与西淼连年和平无犯，所以临西城中有很多西淼商人，两国贸易往来十分频繁。

"是，守城大将还是他。王爷怎么想起他来了？"

"找个与他相熟的人，问问临西城的近况，尤其问问是否有懂得破解蛊术的医者。"慕容峻眼神锋利，"西淼皇族掌握着最毒辣高明的蛊术，国中被控制的大臣比比皆是，一定会有想解除自身蛊术的人暗中研究。就以好奇的态度询问一番，看看是否有什么线索。"

成安答应着，又问："王爷怎么忽然对西淼蛊术感兴趣了？"

"得胜之前，必须知己知彼。"慕容峻提笔写字，"要询问的事情，我写下来。"他仔细描述了在苏霜岚后脖颈看到的症状，又检查了一遍。

成安微惊："这是准备要攻打西淼了吗？出了什么事？"

"迟早的事。"只听"噼啪"一声，慕容峻手中的毛笔已经断裂。

成安有些讶异，不明白王爷为何突然气恼。不过他转了话题："王爷，大婚在即，按照皇家娶亲规矩，需得抬送聘礼去苏府，老奴请王爷示下，这聘礼，是从重从繁，还是从轻从简？"

"按规矩办即可。"

"规矩是规矩，"成安笑嘻嘻地凑近，"可是，苏姑娘可不是一般的姑娘，那是九天玄女啊！老奴想着，聘礼肯定是越重越好，越多越好，这样才让苏姑娘特别有面子呢！"

慕容峻微微低垂眼眸，平淡地说道："一般即可，不必铺张。"

成安失望地叹气，慕容峻又说道："派人去查灵萝和瀚木每日的出行规律。"

皇宫。

因为即将成为荣亲王妃，苏霜岚即使仍在皇上身边当值，却也可以什么都不做，只用开口就行了。只是这一日下午，慕容峰闯入她的寝室，阴郁地说道："你竟敢害死孙芳妍。"

苏霜岚不解："谁害死孙芳妍了？她怎么了？"

"自尽了，用你给的金簪。"慕容峰恼恨地盯着她，"她已经无地自容了，你为何不能放过她，还要落井下石？"

苏霜岚根本不想跟他多费唇舌，冷笑道："你这是在心疼她？她在这宫中进退两难之时，怎没见你挺身维护呢？是她自己要自尽，与我何干？"

慕容峰恨声道："父皇冤她被宠幸却又不给位份，她是被活活冤死的！"他逼近几步，伸手扼住了苏霜岚的双肩："我倒要看看，如果你处在同样的状况，会不会自尽！"说着大力一推，直接将苏霜岚掀翻在床上。

苏霜岚下意识地握紧左手，却眼尖地看见门缝那里站着一个人，正是池旧。

她连忙松开左手，然而慕容峰已经扑了上来，她张口就要喊叫，却被慕容峰一把捂住了嘴，只能无助地发出"呜呜"的声响。

苏霜岚大骇，使出各种功夫踢打慕容峰，却没想到他的力气大得惊人，被他压制得根本动弹不得！苏霜岚急得眼泪都要进出，却只听一声闷响，慕容峰突然倒了下去，重重摔在地上。

苏霜岚急忙起身扣好衣衫，才发现是封平在慕容峰身后击昏了他。

门缝里那个阴暗的身影，迅速离去了。

封平关心地看着苏霜岚:"苏姑娘没事吧?"

苏霜岚惊魂未定,却更加恼恨,直接上去狠狠踹了慕容峰几脚,怒斥道:"人渣!败类!真是活腻歪了,竟敢……竟敢……"她径直从靴子里抽出一把匕首,直接就往慕容峰心口扎去。

封平一把拦住她:"苏姑娘息怒!六殿下要是死在这里,姑娘能全身而退吗?何况问起死因,姑娘的名誉也会受损!姑娘与王爷即将大婚,可千万别生出什么事端耽误了正事!"

苏霜岚渐渐冷静下来,收了匕首坐到床上,仍然有些惊魂未定地说道:"你说得对,是我太冲动了……"她还有好多事情没有办,慕容峻的正事才开了个头,她怎么能杀死慕容峰?怎么能搅乱所有的计划……

封平见她不再冲动,说道:"今日我来就是为了让苏姑娘出气的,苏姑娘跟我走一趟吧。"

苏霜岚有皇帝赐予的腰牌,顺利地出了宫,封平正在宫外不远处等着她。封平带着她七拐八绕进入一条狭窄的后巷,指着面前两个麻袋说道:"送给姑娘出气。"

苏霜岚疑惑地看了封平一眼,又看向那两个麻袋,忽然反应过来:"这里面该不会是……瀚木和灵萝公主吧?"

封平笑道:"正是。我把他们俩弄昏了再搬到这里来可费了不少力气,苏姑娘别客气,随意吧。"

苏霜岚想起刚才的惊恐状况,而瀚木与灵萝对自己也做过同样的事,心里就愤恨交加。她冲过去狠狠踹了麻袋几脚,重重地给了几拳,哼了一口气说道:"趁他们没醒,把他们放回驿馆去吧。"

封平有些不解:"这就完了?我还以为苏姑娘会出点儿奇招狠狠整治他们呢!"

"我也想啊。"苏霜岚嘟嘴,"要按我的性子来,就把他俩的衣服都扒了,捆在一起扔到大街上去,以其人之道还治其人之身,是最最痛快的了。"

"那为何不这样做?"

"内乱没有解决之前,绝不能有外患。"苏霜岚认真地说道,"由着性子来虽然能解气,但对现在的情况有百害而无一利。南华的公主受此大辱,必定倾全力报复,现在兵权并不在你家王爷手上,只靠边境的神睿铁骑只怕无法抵挡南华大军;如果慕容峰再趁乱插一杠子,用手中的兵权胡作非为,那大昭国可就太危险了,受苦的还是

国中百姓啊！"

封平大为敬佩："苏姑娘忧国忧民，在下自叹弗如，还是苏姑娘考虑深远，我太轻率了！我这就把他们俩送回去！"

苏霜岚斜看他一眼："是你自作主张把他们俩送来给我出气的？"

封平干笑两声，打算扛起麻袋开溜。苏霜岚堵住他的去路："是你家王爷授意？他怎么可能不明白这些道理？"

封平挠挠头："王爷倒没有直接吩咐，不过我揣摩着王爷应该是这么想的，不然他怎么会吩咐去查瀚木和灵萝每日的出行规律？"

苏霜岚立即明白过来："他大概是在防范他们再生事端，你会错意啦。"

封平有点儿不好意思："不过我猜，王爷心里肯定是这么想的，只不过为大局考虑，他不能这么做罢了。"他利落地扛起一个麻袋，朝着苏霜岚挥手，"我先走了！"

苏霜岚回到宫中，一切十分平静，没有任何人找她的麻烦，慕容峰对之前被人打晕的事情没有丝毫反应，看来并不想再提起此事。

半个月之后，皇上给荣亲王和苏霜岚赐婚，并派禁卫军护送苏霜岚回苏府待嫁，还赐予了丰厚嫁妆，太后也赏赐了不少珠宝衣饰等物，连叶贵妃都派人送来了一箱精美的首饰。苏霜岚风光地回到苏府，苏府上下隆重地迎接了她。

只不过苏正通颇为不满，认为苏霜岚近来的种种举动会牵扯到苏府，稍有不慎就会带来灭门之灾。但他转而又说道："荣亲王若能重新掌权，为父自然乐见其成，只是这条通往光明的路恐怕过于艰辛——"苏正通深深看着她："虽然你没有在为父身边长大，毕竟是为父的亲生骨肉，若有一日惨遭不测……"

苏霜岚难免有些愧疚，她是冒名顶替，真正的苏蓉不知在何处过着什么样的日子呢。苏正通见她不说话，叹息着说道，"你母亲临终前的嘱托，我并没有做好，现如今……"他忽然想起什么，"倒是有一件事应该告诉你，也许有朝一日用得着。"他向苏霜岚示意，苏霜岚附耳过去，他轻声说道，"皇上的后宫之中，有一位易嫔，她……"

苏霜岚细细听着，流露出惊讶和欣喜的表情。听完之后向苏正通行礼："多谢父亲告知此事，日后定有所用！"

又过了几日，荣亲王府的聘礼送到了。苏府上下除了苏霜岚外，都站在府门口盛装迎接。谈氏带着苏芸、苏莹看着浩荡而来的聘礼队伍，低声感叹道："再怎么失宠，毕竟是皇子，还是亲王，这聘礼队伍都一眼望不到头啊！"

苏芸不屑地轻哼："那又如何？还是个残疾人呢。"

苏莹半是嫉妒半是嘲弄："姐姐是后悔了吧？当初还不如你嫁给荣亲王呢，管他是不是残了，荣亲王府可是够你吃好几辈子的呢。"

谈氏眼见着两姐妹又要吵起来，压着声音呵斥道："争风吃醋也不分场合！是要丢脸丢得满城皆知吗？"

苏芸、苏莹互相瞪眼，闭口不言。

队伍当前走过来一个人，正是负责皇族婚礼的司礼官，对着苏正通行礼过后，开始随着聘礼一项一项抬进去而大声念着礼单。

苏霜岚在自己闺房的二楼从窗子向外望去，远远看见进入府内的下聘队伍如长蛇蜿蜒，缓缓行进。司礼官的声音很大，隔着这么远也能隐约听见类似"翡翠蝴蝶项圈六件，八宝玲珑玛瑙手串十串，簪花金步摇二十支，羊脂白玉水滴耳环十对……"这些许的物件名称。

自己真的要嫁给慕容峻了吗？

苏霜岚不免有些迷茫。这并非她来这里的本意，她本打算跟在皇帝身边，利用时机找到当年慕容峰与瀚木勾结的证据，并且渐渐让皇上重新对慕容峻有信心，召他重回宫中担任要职，最终打败慕容峰夺得太子之位——然而一切并非她在史书上看到的那些表象，皇上对慕容峻根本从未失去信心和感情，却是因为受制于人而无法相助，而叶贵妃的手段太过阴狠又出其不意，真让她应接不暇……种种情况堆积之下造成今日的局面，已经骑虎难下，必须为之。

但自己真的非常厌恶这桩婚事吗？自己……讨厌慕容峻吗？

苏霜岚摇了摇头。看着聘礼队伍走进来，她心里竟然有一丝快意。怎么会有愉悦的感觉？苏霜岚微微惊讶，但很快镇定下来：这不过是虚荣心作祟吧，这么大的场面，给足了一个女子所有的面子，谁能不高兴呢？

自己只会也只能是他生命中的过客，苏霜岚暗暗地想，爷爷曾千叮咛万嘱咐让她不要在过往中留下任何痕迹，她一定会做到的，也必须做到。

傍晚，苏府的仆人们穿梭来去十分忙碌，丰富的晚膳渐次端上桌来。苏正通看着自己的夫人和三个女儿，面带笑容地说道："很久没有全家人一起吃饭了，霜岚很快就要嫁入王府，以后这样的机会也不多了，今晚就好好欢聚，畅饮一番吧！"说着举起酒杯，一饮而尽。

苏霜岚也笑着端起酒杯，不过是浅尝辄止。苏芸见状说道："妹妹没有兴致吗？也对，这么一般的聘礼，换作是谁也不会有兴致饮酒的。"

苏霜岚还没说话，苏莹故作姿态地说道："别这样说，王爷再怎么不把她放在心上，她毕竟是皇上钦定的王妃，不要这么说话。"

苏芸白她一眼："王爷不承认的话，钦定又有什么用？"

谈氏也来帮腔："没有那劳什子有什么要紧，王妃还能是别人吗？"

苏正通咳了一声："不能好好吃顿饭吗？"

苏霜岚微微笑起来，对着谈氏说道："不知道您说的是什么东西？聘礼中少了什么吗？"

谈氏看看苏正通的脸色，微笑着说道："霜岚你久居在外都没有听说过吗？荣亲王的母后，也就是先皇后，有一件价值连城的宝物——十二色玄玉手串，这玄玉可是比什么白玉紫玉红玉青玉都要名贵的，是玉里的上上之品，就连皇宫里也绝对不超过两件！而这件手串更是非比寻常，是玄玉中最为珍稀罕见的十二色玄玉！据说每个时辰玄玉的颜色都会变换，不需要看天，也不需要看日晷和铜壶滴漏，就能知道当下的时辰呢！更为玄妙的是，佩戴这手串之后，只觉冬暖夏凉，蚊虫鼠蚁绝不敢近身，甚至能代替银针验毒，稍有毒药的气味或者毒药滴溅，手串立即会变成黑色。"谈氏眼中充满向往："真真是一件神奇的宝物啊！"

不就是戴在手腕上的铜壶滴漏吗？看你羡慕的。苏霜岚心里想着，这手串后面的功效还不错，戴着夏天就不怕蚊虫了呢。

她眉目未动，仍然微笑道："如此宝物，应该出现在聘礼中吗？先皇后的遗物，王爷应该好好收着才是呢。"

苏芸笑出声来："你看来是真的不知道呢。先皇后临终前曾有话嘱咐王爷，这手串是留给日后的王妃的，让王爷一定作为聘礼头件送给王妃。这可是皇都尽人皆知的事情呢。"

苏霜岚眼神稍黯，面上却仍镇定浅淡："原来如此。先皇后的遗命，倒像是你当时在现场亲耳听到了呢。且不说此事真假，即便是真的，王爷如今身有重伤，又不良于行，将这强身健体防虫防毒的手串留在自己身边也理所应当，我还没有嫁过去就计

较这些的话,岂不落人笑柄?啊,你这样一说我倒想起一事,"她看向苏芸,眼中带着嘲讽的快意,"刘公子家传的,号称只送给心上人的无瑕玉壶,他送给你了吗?"

苏芸没想到她连这个都知道,一时傻眼,不知如何回答,脸上红一阵白一阵。谈氏刚想开口询问,只听苏正通呵斥道:"什么刘公子?哪家的刘公子?你何时勾搭了什么刘公子?"

"我……我……我没有……没有……"苏芸的声音细若蚊蚋,不敢看父亲一眼。

苏霜岚不紧不慢地说道:"城中首富刘员外家的次子。"

"什么?"苏正通惊怒,"那刘二公子已经有一妻一妾,孩子都有两个了,你竟然与他私相授受?"

"他会休了她们的!"苏芸脱口而出,瞬间后悔地捂住嘴巴。谈氏恨铁不成钢地骂了她几句,又忙着劝解苏正通让他息怒,一时间吵闹得不可开交。

苏霜岚默默地拿起筷子,自顾自地大快朵颐起来。

荣亲王府。

成安亲自带着仆人布置王府,忙活得满头大汗,一个多时辰才布置好正厅大殿。封平在暗中观察着,有些仆人只是看热闹,并未真心做事,有些甚至在暗中破坏。倒是侍卫们特别认真地安排着府中的保卫事宜,尤其谨慎地安插着各种陷阱暗器。

封平走进慕容峻的房间,行礼后说道:"王爷,从前您不管,眼下都要大婚了,府中这些乱七八糟的人也该清一清了吧?"

慕容峻知道他在说府中这些不做正事只知道偷窥自己的仆人,这些大多是叶贵妃的眼线,还夹杂一些太后的内应。自三年前他被排除在政事之外,就终日有人监视着他,提防着他,偷窥着他。他虽然都知道,却根本懒得理会,因为他已经心灰意冷,无心去管。至于那些侍卫,是他大婚的消息宣布之后,由慕容峰亲自挑选派给他用的人马,这些人所为何来可想而知。

而今。

"这些都是明面上的人,如果贸然驱赶离府,再派来什么人,派在什么地方,我们可就未必清楚了。"慕容峻说道,"不如留着。"

封平有些担心:"苏姑娘进府之后要是被这些人欺负……"

"那她就不是真正的荣亲王妃。"慕容峻的语气不容置疑,"这些许小人小事都应付不了,以后怎能应付……"他突然闭口不言,转了话锋,"她待不了多久的。"

"什么意思？什么叫待不了多久？"

"每天的食物饮水里都有可能被下毒，一举一动都被人窥视，说话做事都不能由着本心……"慕容峻的声音凉如凝冰，"依她的个性，不可能愿意留在这样的环境里。"

封平默默无言，半晌说了一句："所以王爷没有给她玄玉手串吗？"

慕容峻的手微微一紧，答道："给了也会还回来，何必呢？"

太后寝殿。

老宫女细细汇报了苏府迎聘礼之事，太后一直面带微笑，似乎早已料到："即便他再怎么中意苏霜岚，眼下也是不会送的，哀家这老太婆跟他说的话，他还担心着呢。"

"奴婢只是有些担心，王爷对苏霜岚不过是有些兴趣，也许以后不会如您所料那样在意苏霜岚，那太后娘娘您耗费心力培植的蛊虫……岂不是白费了？"老宫女一脸惋惜，"那么珍贵的药材，养了这么些年，才活了一条啊……"

太后笑得云淡风轻："有什么浪费？哀家老了，大概这也是最后一次用蛊了，以后的事情都是年轻人的了，还在乎什么呢？"说着深深一叹："哀家这些年在大昭国殚精竭虑，为西淼的未来筹谋，真的很累了，等到再来一位西淼的公主成为皇后，哀家就什么都不再管了……"

老宫女是从西淼国跟过来的贴身侍女，不由得跟着叹息，转而问道："奴婢听闻叶贵妃那边已是全面戒备，她安插在王府的人，已经将王府布置得如同死牢一般森严——苏霜岚能不能闯过去，还真难说。"

"哀家要是不帮她一把，还真是说不过去。"太后的笑意荡漾在脸上，深深沉沉。

大婚当日，长宁城几乎所有的百姓都出动了，为了抢占最靠近荣亲王府的位置，甚至大打出手。越是靠近王府的位置人越多，然而所有人除了看热闹之外，还不断地窃窃私语，纷纷感慨着王府今日不像是办喜事，仿佛是如临大敌般戒备着。

"王爷今儿是娶亲吗？那墙头上是什么？黑衣人？"

"王爷不是说过要王妃自己进去才算本事，才能真的承认她是王妃吗？所以布置成这样了？"

"啧啧啧,王爷还是不太喜欢这位苏府千金啊,弄得五步一岗、十步一哨的,明显不想让她进去啊。"

"外面看起来都是这样了,不知道里面是什么样了……"

"皇家的事情真复杂,我们小老百姓看看热闹就好了。"

王府内,成安忙着带人做最后的检查布置,整个王府到处都在忙碌,只有一座院子静悄悄的。

正是慕容峻居住的东院。

慕容峻坐在院中的海棠树下,静静看着一卷书,只是很久很久,书都没有翻动。他抬头环视四周,通往这个院子的门上一片殷红,正是因为大婚而布置的红色绸带。而他这个院子没有丝毫改动,仍然一如既往地冷清寂静。

他想起三年前失宠之后,王府里就忽然多了很多生面孔。他明明知道是叶贵妃暗暗派来监视自己的,却压根没有心思去赶走。他被父皇的不闻不问击溃,被突如其来的败局打倒,从出生以来从未尝过失败落寞滋味的荣亲王,只觉得立刻死去才能远离羞愤恼恨,根本不介意府中有敌人存在。

只是封平见不得这些人随意出入王爷住所,终于在一次下毒事件之后,带人将王爷的东院戒备起来,四处都布置了陷阱机关,他自己又时常在王爷身边护卫,久而久之,就没有仆人再敢到东院来。

慕容峻自己摇着轮椅在院中缓缓走动,查看着每一处机关陷阱,犹豫再三,将其中最厉害的暗器齐发机关轻轻卸去。他看着那失效的机关,微微叹气。

"王爷,"成安快步走了进来,手中拿着大红喜服,"时辰差不多了,更衣吧。"

慕容峻轻轻点头,成安看了看他所在的位置,揶揄道:"王爷方才,是在做什么呢?"

"没做什么?"

"难道,是将这院子里的机关都关闭了吗?"

"怎么可能。"慕容峻语气生硬,回避着成安的目光,故作镇定,"有必要吗?"

"哎呀,王爷,您可别犹豫了,一定要关掉啊,不然新娘子刚嫁入王府就被机关所伤,这传出去也不好听不是?"成安着急起来,"老奴前几天就跟您说要关掉,您能不能听老奴一回,啊?"

慕容峻看了看成安手中的喜服:"这么难看?"

"哎呀,王爷,皇上下旨给您选妃的时候就开始做喜服了,那时候您什么都不理

会，老奴拿来十几款喜服式样让您挑选，您就随手指了指——早知道这样，当初为什么不认真选选呢？"

慕容峻听着成安那矫情的语气，皱眉道："你今天好像异常兴奋。"

"九天玄女要成为王爷的正妃啊，老奴真是差点儿喜极而泣，老泪纵横啊！"成安边说边推着慕容峻向屋内走，又问道，"等下要拜堂行礼呢，王爷要不要……服用苏姑娘给的药丸？那样能站起来岂不是更好？"

慕容峻沉默半晌，声音低回："对迟早要离开的人，不必刻意事事周全。"

成安急道："王妃怎么会离开？嫁给您了就一直跟在您身边啊！"

慕容峻想起苏霜岚脖颈后面那团黑色的雾气，想起太后的威胁，有些落寞却坚定地说道："她一定会离开的。"

成安仍然不解，正要开口，一个仆人却急匆匆地走过来，对着慕容峻行礼道："王爷，王妃的轿子已经从苏府出发了，只是……只是——同时有十顶轿子一起出来！分别从不同的方向四散出去！"

苏府门口早已被百姓们围得水泄不通，只是谁也没想到，竟会有十顶轿子一起出来！他们看着第一顶轿子出来之后正准备跟着一起走，没想到又出来一顶，紧接着一顶一顶又一顶，全是一模一样的八人抬的大红轿子，连鼓乐队都有十队，吹吹打打十分热闹地走了出去。百姓们一头雾水，苏府的人却都只是笑笑，什么也不解释，百姓们只好随意跟着一顶轿子走着，有的人奔跑起来，直接奔向荣亲王府而去。

苏府内，谈氏埋怨道："老爷您就由着那丫头胡闹？天子赐婚是多么庄重严肃的事，怎能一齐出发了十顶轿子？外人该怎么议论？要是有人添油加醋说到皇上那里，万一迁怒于苏府可如何是好？再说，多几顶轿子就能进去吗？"

苏正通吹吹手中的茶，说道："这都是为了霜岚能顺利进入王府，当然要听她的。如果霜岚不能进入王府、不被王爷承认，那才是苏府最大的笑话！"

瀚木的手下正在街边等着，却没想到这么多轿子出现在眼前。首领迅速决断："迷魂阵！我们正好十个人，一人袭击一顶轿子，定要斩杀新娘！"

"是！"

一时间十个人纷纷蒙面，快速追上轿子，有的抽刀便刺，有的暗器射入轿内！万万没想到的是，轿子里面竟然空无一人！所有轿夫受到袭击却仿佛无事一般，仍然

按照计划在路上缓缓行进着，吹吹打打不受任何影响。

十个人大惊，聚集在首领身边。首领吩咐道："既然是空城计，新娘一定还在苏府，去苏府等！晚些肯定会出现！"

苏府门口，太后的人手也在张望着。

"确定轿子里没有人？"

"确定！刚才已经被人袭击过了，连个声音都没发出来，轿夫明显是知道底细的，神情自若地继续走着。现在要怎么办？"

"等。太后吩咐，务必确保苏姑娘顺利进入王府！"

第十章 洞房花烛

荣亲王府门口，百姓们纷纷翘首以盼，眼见着从四面八方闪现出的大红轿子正向着王府而来，却没有依照一般习俗停在门口，而是分别停在了不同的地方，正好是王府的正门、后门、四个侧门、两个小边门，以及两处有大树的树枝伸出王府的地方。

十顶轿子落地之后，鼓乐队仍然吹吹打打，就如同一般婚礼那样，等待着新郎出现迎接新娘。

叶贵妃的人手混迹在百姓中间，分别站在每顶轿子的不远处，只等着慕容峻出来迎接的时候，苏霜岚一出现立即截杀。然而等了许久，王府的大门也没有打开。

王府内，成安焦急地催促："王爷，您快出去看看吧，十顶轿子等着您呢！这……这……这要掀开哪一顶的轿帘啊？"

慕容峻将喜服的衣领用手压好，淡淡地说："她不在。"

成安有些迷糊："不在？不在什么？"

"故布疑阵。"慕容峻的眼中有些兴味，"她应该是熟读兵法，这一招，从前我常用。不急，去泡茶来。"

从大清早苏府的大门一打开，到现在十顶轿子围绕着王府，也不过是一个多时辰的事。然而就只是这一个多时辰，长宁城的大街小巷，所有人都在问同一个问题："新娘子哪儿去了？"

飞仙酒楼。

二楼靠街的雅座，封平有些无奈地看着对面大快朵颐的人。只见她一口一个水晶饺子吃得特欢，时不时还不忘夹几筷子爽脆的腌黄瓜塞进嘴里。

这个人正是苏霜岚。

封平说道："整个长宁城都炸开锅了，所有人都在找你，你倒在这儿清闲悠哉。"

苏霜岚还在吃，有些口齿不清："你不是说凡事都听我调遣吗？别瞎操心啦，还不到我出场的时候。"

"喂，那你吃这么多——王府里还能没你吃的吗？"

"我这是怕饿吗？"苏霜岚瞟他一眼，"不吃饱哪里有力气打架？"

封平笑道："府里的那些乱七八糟的人，我会帮你处理的；暗器机关什么的，我知道的都告诉你了，再说，王爷也不会袖手旁观。你别担心。"

"你家王爷？"苏霜岚哼道，"最会的就是袖手旁观。"

第十章 洞房花烛

封平看了她一眼："王爷从前，不是这样的。他是这世上最讲义气、最仗义的人。跟在他身边的人都愿意终生追随，誓死效忠……王府里每天都能听见他爽朗的笑声，还有风风火火的脚步声。王爷爱马，从前王府里有个非常大的马厩，汗血宝马就有十匹，只要一有空闲，王爷就带着我们策马而行，白天行猎踏青，夜晚燃起篝火喝酒吃肉……那样的日子，真是十分快意……"

苏霜岚吃东西的速度慢了下来，默默看着封平陷入回忆。她内心感慨着剧变带给慕容峻的打击和影响，却又忽然有些害怕——若是有一天，慕容峻知道他人生的突然逆转是因为她和爷爷，会不会恨意丛生，直接将自己给宰了？

"苏姑娘，苏姑娘？"封平将她的思绪拉回，先不管那么多，走一步是一步吧，如果自己真的能帮助他重新回到原来的历史轨道，那他应该就不会那么恨了吧？

苏霜岚拿起自己的小包袱，看向封平："我吃饱了，我们去看看情况吧。"

王府门口已经陷入混战。

每顶轿子中是有人的，只不过都藏在轿中的坐板之下，落轿之后才从坐板下出来。在鼓乐队第二十遍喜乐吹完之后，所有的轿帘一起掀开，身着喜服的新娘子纷纷走了出来，从自己的方向径直走向王府。王府侍卫和暗卫杀手戒备多时迅速出手，再加上瀚木、叶贵妃和太后的人马，保护新娘子和斩杀新娘子的人立刻混战起来，打打杀杀，乱七八糟。每个新娘子都因金纱帘蒙着半张脸，又因打斗起来眼花缭乱，根本看不清谁才是苏霜岚。

封平和苏霜岚就在这混战之时走进了围观的百姓中间。苏霜岚饶有兴味地看着一片混战，低声对封平说道："你找的都是高手啊！干得漂亮！"

"客气。我只盼望苏姑娘入府之后，能将府内面貌改变一新，能让王爷重拾信心。"封平叹息，"王爷本就心灰意冷，最近又被皇上当殿羞辱，更是雪上加霜。"

苏霜岚大刺刺地拍拍他肩膀："放心放心，有我呢！他敢不振作？"

话音刚落，只见那十个新娘齐齐跃上王府墙头，伸手一挥甩出一片烟雾，墙头上突然四处冒起火来。其他人被烟雾迷蒙看不清的时候还不忘使命，又继续厮打起来，将那十个新娘从墙上拉扯下来。

苏霜岚眼疾手快地抖开包袱，将里面的新娘金珠垂帘面纱往脸上一罩，又将自己的外衣轻轻一扯，露出里面的大红色喜服。她对着封平抱拳，立即拔地而起，趁乱跃上王府正门的墙顶，站在大门顶上微微一笑，大声喊道："苏霜岚来也！"

说时迟那时快,苏霜岚轻轻一跳,已经站在王府的院中。刚一落地,便有巨大的网子从她头顶罩下来,她手中不知怎的多了一把匕首,异常锋利地割开了网子,跳出包围。周围又有人迅速追上,手持兵器,虎视眈眈地看着她。

苏霜岚一身红紫,目光灼灼地笑看对面的四个侍卫,忽地朗声叫道:"慕容峻你又说话不算话!不是说进入王府就行了吗?怎么进来了还有这么多人对付我?你还不快给我出来!"

慕容峻微惊回神。他一直关注着外面的动静,看到墙头起火就知道苏霜岚快进来了。可当他听到那句"苏霜岚来也",再看到那一抹大红色跃火而出,仿若浴火重生的凤凰一般旖旎绚丽地降落而下,他根本无法镇静。

此时,他又听到苏霜岚用那种半骂半嗔的语气叫他出来,他的心忽然跳得很快。

努力稳定了心神,慕容峻坐着轮椅缓缓而出,看了苏霜岚一眼,对着那四个侍卫沉声道:"退下。"

四名侍卫虽是叶贵妃的人,但明面上仍要听从慕容峻的命令,否则慕容峻就算将他们活活打死,也无法有人为他们说半句话。四人依言迅速退下,苏霜岚上下打量着慕容峻,突然赞道:"穿上鲜艳的颜色人也精神多了,以后少穿些灰暗的和素色的吧。"

慕容峻神色冷漠:"这不是你该管的事。既然你已经进来了,那本王就要跟你说下府内的规矩,只要你依规矩行事,在府中安稳度日,别的,本王一概不过问。"

苏霜岚没料到慕容峻会是这样的态度,有些气恼地瞪他,转而调侃地笑道:"哇,这么好?我红杏出墙你也不管吗?"

慕容峻语塞,看她一眼说道:"若真如此,一纸休书即可——不管。"

苏霜岚忍住怒意,环抱双臂笑着问道:"那说说你的规矩吧。"

"只有一条:不准来烦本王。"慕容峻转开目光,"你一切所需,找成安即可。"

苏霜岚紧盯着他说道:"我讨厌任何束缚,只想自由自在快意地活着,所以王爷不必妄想我会遵守规矩——我只遵守我愿意遵守的规矩,不愿意的事情,谁也没办法勉强。明白?"

苏霜岚的一字一句都敲打着慕容峻的心。曾几何时,他也是这样肆意随性的一个人,这世间没有任何人能驾驭他,就连父皇也一向纵容他,几乎没有驳斥过他的意见。除了在政事上严肃谨慎,平时的他都是自由自在、任性洒脱地生活。

慕容峻半晌没有说话，开口却是一句："既如此，为何非要搅扰到本王的生活中来？"

苏霜岚也语塞了。

是啊，任何有正常思维的人，都不会愿意与这位"失宠，残了双腿，随时可能有性命之忧，随时可能被人陷害，随时会遭遇不知道怎样危险"的王爷有任何瓜葛。以苏霜岚的家世，无论是下嫁还是高攀，都一定会成为正室，享尽一辈子的荣华。别的世家女子都是想尽办法离他远远的，只有她，用尽力气不断靠近他，直到现在，成了他的王妃。

慕容峻静静看着她，似乎在等待她的答案，又似乎并不奢求她能给出合理的解释。苏霜岚"喀喀"两声，模棱两可地说道："我做了这么多，你还不知道为什么？你这王爷算是白当了。"

随你怎么理解吧！苏霜岚心里想着：就算理解成我爱慕你也未尝不可，只要你不再问我这么难回答的问题。

慕容峻有些疑惑，却莫名地心中一麻，似乎有种甜甜涩涩的感觉蔓延开来，既陌生又欢喜。他没有追问下去，却似乎再难说些狠话出来。只听苏霜岚又说道："既然王爷不喜打扰，我也不勉强，不过，王爷总不能让我住得离你远远的吧？这样传出去，我们苏府的脸往哪里搁？"

慕容峻觉得自己面对这个女人完全没有招架之力，硬着头皮说道："你想怎样？"

"自然要住在你房里了。"苏霜岚没有丝毫羞怯，大刺刺地说道，"不过你放心，同房不同床，你若不开口跟我说话，我绝不多说一句。"

慕容峻觉得自己的手心都有些微微出汗，拧巴地说道："本王那里，并不宽敞。"

"东院是王府中最大最好的院落，一共九进九出，其中最大的房间正是王爷居住，据说里面住十个八个人都不成问题。"苏霜岚斜睨着他，"王爷，我说的对吗？"

慕容峻心里暗骂封平是内奸，面上依然冷漠沉静："没听出来这是本王的推托之词吗？本王不愿意……"

"王爷，王爷！"成安急匆匆地跑来，见到苏霜岚也在，又行一礼，"王妃万安！"

成安对着两人说道:"启禀王爷、王妃,宫中的姜总管到了,是奉皇上旨意特来司礼的。请王爷、王妃移步正厅。"说着伸手来推慕容峻。

苏霜岚手一挥:"我来。"她不由分说地上前推起慕容峻就向外走去。

慕容峻一口回绝:"换成安!"

成安已经伸出了手,却被苏霜岚一眼瞪了回去。她不紧不慢地推着慕容峻,笑嘻嘻地说道:"想反抗的话,就要先治好自己的腿,否则,什么都做不了哦,只能任由我摆布咯。"

慕容峻眉目微锁,几不可察地轻轻叹息。

正厅内,已有多人在此等候。除了姜图之外,还有数位皇室宗亲及女眷前来见礼。众人见慕容峻缓缓而来纷纷起身行礼,却没想到推着他的人是一身红衣的新娘子,一时面面相觑。

姜图温和敬重地看着两个人,深深行礼,说道:"奉皇上旨意前来为王爷王妃司礼,实是老奴的荣幸。这就开始吧?"

慕容峻点头,苏霜岚很自然地将他推到自己的面前,与自己面对面,再从自己的袖管中抽出大红盖头,"唰"地盖在自己头上。

有宗亲低声说道:"竟如此轻佻儿戏,成何体统?"另外的人低声附和着。

慕容峻完全没有理会这些窃窃私语,只是有些微微发怔地看着眼前的大红盖头。明朗肆意,爽快随性,没有丝毫矫揉造作——他这些年见过的环肥燕瘦、温柔泼辣也不在少数,竟没有一个女子能像眼前这位一样璀璨夺目。

是那一身洒金绣银的明艳红色,晃花了他的双眼吗?

慕容峻心中颇为复杂地微微叹气。

苏霜岚蒙着盖头,只听姜图大声说着吉祥话,有侍者给了她红绸缎的一头,另一头牵在慕容峻手上。他们依礼拜了天地,遥拜皇上,又夫妻对拜。

"礼成!"姜图高兴地喊出最后一声,还没来得及喊"送入洞房",只听一个声音说道:"且慢。"

苏霜岚蒙着盖头,也不知道是谁在说话,只听慕容峻声音冷厉地说道:"竟敢在礼成的最后开口阻拦,观礼这么些年,本王倒是头一回看见!"

开口阻拦的是一位年轻公子,乃是皇族旁支,论亲族关系应当称呼慕容峻为堂兄,封号是恭定世子。

恭定世子笑着走到苏霜岚面前，语气温柔却轻佻："那日王妃用镜子当街亲吻二十个男子，我就在一边看着呢。王妃睿智，我十分欣赏，不由得心生敬仰，一直盼望有朝一日得以会面。只是宫禁森严难以逾越，直到今日才得见王妃，却又被盖头遮挡……恳请王妃揭去盖头，赏我一面，如何？"

婚礼当场要揭开新娘盖头，这是非常严重的挑衅，因为只有新郎才能揭开盖头。何况如今苏霜岚已是王妃，恭定世子这是完全没有将慕容峻放在眼里。周围的皇亲只是默默看着，神色各异。因慕容峻此时是被软禁府内，又有未解开的通敌叛国嫌疑，再加上太子之位已经落入慕容峰手中，现在的慕容峻已如将倾大厦，真真是墙倒众人推。

慕容峻的眼中罩起寒霜，拳头已经握紧。但他还没来得及一掌劈过去，只听苏霜岚平静地说道："反正刚才已经见过，倒也不是不可以。只是这盖头应由王爷揭开，你若想此时此地见我一面，需得答应一个条件。"

恭定世子十分开心："什么条件？莫说一件，就是十件百件，我也愿意去做！"

苏霜岚的语气中带了冷笑："没有那么多，只有一件。只需将你的眼珠子挖出来即可。"

众人均没有料到她会这样不客气，齐刷刷地看向恭定世子。世子大怒，粗暴地伸手上前去拽盖头。

却只听见"喀啦啦"几声骨头碎裂的声响，和恭定世子惨痛的叫声。

苏霜岚在盖头下看得清楚，恭定世子的手伸过来的一瞬间，慕容峻的手几乎同时伸了过来，用力捏住了恭定世子的手，狠狠一握。

"啊——放……放开！啊——疼死我了！放开啊！"恭定世子还在惨叫，慕容峻却仍然没有放开，声音冷厉，"跪下。给本王的王妃磕头认错。"

"本世子凭什么……啊——啊——好好好，我认错我认错！"恭定世子叫唤得十分凄惨，慕容峻嫌弃地扔开他，他直接软了下去，跪倒在苏霜岚面前，吸着冷气结结巴巴地说道，"王……王妃，是……是我不对，是我不好，你你你大人不计小人过……"

众人都觉得苏霜岚应该会就坡下驴，就这么算了，毕竟恭定世子是皇室宗亲，一味地使他难堪只会引起宗亲不满。然而苏霜岚根本没有犹豫，还没等世子说完，直接就是大力一脚，把本来就跪不稳的恭定世子给踢得滚了几滚，歪倒在地不断呻吟。

众人震惊，已有人发出不满的声音。苏霜岚却用力跺了跺脚，说道："成总管，

我的鞋脏了，要换。"

成安吃了一惊，连忙答应道："是，是！老奴这就去准备！"

宗亲中有人出声斥责道："荣亲王妃你也太过分了，恭定世子不过是开个玩笑，荣亲王也惩戒了他，你何必再变本加厉？身为王妃，难道不知道谨慎有礼乃是第一要务吗？"

苏霜岚的声音带着笑意："我也不过是开个玩笑，很轻很轻地踩了他一下以做惩戒，谁知道他怎么就滚出去了？"话音转而严厉起来："身为王妃，第一要务难道不是保全王府和王爷的脸面？今日我的盖头若是被他揭下，明天我还有脸进宫向皇上请安吗？天子赐婚，岂容他在此放肆？藐视天子赐婚，罪同欺君！我若将此事禀告皇上，只怕立即杀了他都不过分吧？"

宗亲们都不敢再说，慕容峻看向姜图："姜总管，还差一句。"

姜图愣了一下立即反应过来，高声说道："送入洞房——"

慕容峻刚想摇动轮椅，苏霜岚上前几步："我来。"说着将红绸绕在自己腰上，伸手推着慕容峻走了出去。走到门口，慕容峻突然说："等等。"

苏霜岚停下，慕容峻没有回头，却明显是对着里面的人说道："想留下喝杯喜酒的，请自便，不想留下的，立即滚。"之后又朗声说道："姜总管，本王特地为你单独备下一桌酒席，请畅饮一番，务必不醉不归。"

姜图高兴地答应着，苏霜岚继续推着他走。离开正厅几步之后，慕容峻低声说道："摘下盖头自己走，不必推了，本王自己可以。"

苏霜岚没有理会他，继续推着："我听人家说，盖头由新娘自己摘下来是不吉利的，你想让我横死吗？"

"你早已自己摘下来了吧？没有坐轿，没有蒙着盖头，就这么进来了。"

"谁让你非要我自己进入王府才算数？"苏霜岚嘟囔着，"虽然前面没有蒙盖头，但是红红火火地进来了呀，这就是破解之法呢，这样就不会不吉利啦。拜堂之前蒙上盖头就行了嘛！"

慕容峻无奈地摇头："你看不见路，就不怕自己摔着吗？"

苏霜岚笑起来："这不是有你吗？我怕什么？"

"这不是有你吗？"

慕容峻被这句话揉得心里又是一麻，明明知道她说的是有他带路，却不知道为什

第十章 洞房花烛

么偏偏觉得是另外的意思。慕容峻心里犹如沸水蒸腾，凌乱半晌，说道："像你我这样送入洞房的夫妻，大概这世上唯此一双。"

苏霜岚明白他的意思，一般来说，送入洞房的时候会有喜娘搀扶，一众身着艳红服饰的侍女跟随，待进入洞房之后再唱词祝福，并且对新婚夫妇进行一系列含有好彩头、好寓意的活动，比如，吃子孙饽饽，喝莲子汤，将新娘新郎的衣摆扣在一起，等等。然而现在，只有他们俩在路上孤单地行进，没有一个人跟在后面。

他们俩心里都明白，这是叶贵妃捣的鬼，不允许他有一丝一毫的开心张狂，要他时时刻刻记住，他是败军之将，失宠皇子，此生此世都绝无翻身可能。

苏霜岚的声音却透着轻快："欸，你不知道，我可是最喜欢唯一了，什么事情都是独一份才好呢！都跟别人一样有什么趣味？"说着一脚踏在轮椅后端的横梁上，另一脚开始踩踏滑行，轮椅立刻飞快转动起来，苏霜岚开心地说道，"像这样快速地奔向洞房，世上也是唯一一份吧？"

她的盖头扫在慕容峻脸上，有些微微的痒。然而慕容峻也没有伸手拨开，任凭那盖头在自己脸上拂过，如风般轻柔绵软。他一时间几乎要忘了所有的束缚，只想这样一直滑行下去，没有尽头。

皇宫。

叶贵妃正在寝殿中发怒："饭桶！混账！这么多人都杀不死一个臭丫头吗？本宫养你们何用？别跟本宫说那些对手太多、障眼法太多的鬼话，全都是你们不顶事！统统拉出去打死！"

首领求饶道："娘娘恕罪！此次办事不力确是我们大意了，但请娘娘给一个将功赎罪的机会！属下必定不负所托！"

"哼！"叶贵妃的手重重一挥，"都滚！下一次再这样，你们都自裁了事，不必回来见本宫！"

"谢娘娘不杀之恩！"首领及其他人叩头拜谢，迅速退了出去。

慕容峰一直在旁边没有出声，此时才说道："刚才传来消息，王府的婚礼进行得——还算顺利。恭定世子已经被抬回自己府中了，据说手腕伤得挺厉害，一时半会儿是好不了了。"

叶贵妃冷哼："这三年，他的功夫倒是一点儿没落下！什么颓废终日，心灰意冷，全是装的！若不是为了——"她继续狠狠说道："既然不能杀他，一定要让他再

也无法翻身!"

"母妃打算怎么做?"

叶贵妃目光阴狠:"逼死他!"

荣亲王府。东院。

苏霜岚滑行着轮椅很快进入东院,又直接推进了慕容峻的屋内,之后就松开手,拉着红绸站在一边。慕容峻看着她,苏霜岚说道:"呀!你的房间我又没来过,带路啊!"

慕容峻微怔:"去哪儿?"

"坐在床上,揭盖头呀!"

慕容峻微微窘迫,牵起红绸,带着苏霜岚向内室的床榻走去。苏霜岚坐在床边,很久没有感觉到慕容峻也坐过来,就伸手拍拍身边的位置:"你应该坐这里吧?"

慕容峻半晌没有说话,很久之后才闷闷地说道:"本王……每日都是由成安服侍就寝的。"

苏霜岚微惊。按照史书所记载的腿伤,以及那次自己对他的腿伤用针时的揣摩,他应该是起码能扶着东西站立起来的啊!腿部不是贯穿刀伤吗?怎么会完全站不起来?

苏霜岚手一伸:"手拿来。"

慕容峻不明所以,但还是伸出了手。苏霜岚搭在他的脉上,细细凝神感受,皱眉道:"中过毒?"

慕容峻有些惊讶,上次她对自己的腿伤用针,还有她的神奇药丸,本以为她只是精通医术,但而今看来,竟是炉火纯青。因为那毒并非普通毒药,而是混合多种毒药制成,就连太医院的首座及其首徒林寒都难以完全诊断出来,只能分辨出三四种毒药。对症下药之后,命是捡回来了,但原本的腿伤更为严重,甚至站都站不起来了。首座和林寒悉心研究了半年多,又诊断出两种毒药,但用药之后还是未能除尽,而且林寒十分沮丧地说过,这毒药停留在体内的时间越长越难以诊断出来,一年之后就会趋于无形,诊脉也难以诊断出来,而双腿更是再也无法站立。

苏霜岚蒙着盖头摇头晃脑:"好复杂的毒药,起码有八九种啊。解了一部分,还剩很厉害的一部分呢。啧啧,置人于死地可以直接一刀啊,居然这么阴毒。"

慕容峻收回手,寡淡地说道:"不该跟你说这么多话。本王并未同意你来同住,

府内房间众多，你随意挑一间吧。"

苏霜岚忽然伸手比了个噤声的手势，指了指房顶，又指了指窗外。慕容峻会意，感觉到房顶和窗外都有人。苏霜岚又指了指自己的盖头，然后走上前蹲在慕容峻的面前。

慕容峻直觉得自己喉咙发紧。意气风发的时候也曾幻想过自己的洞房花烛，却万万没有想到有朝一日竟会是新娘为了迁就自己的残废，蹲立在自己面前！他心中又是自卑愤恨，又是感激震动，伸出去的手竟有些微微颤动。

盖头揭开，苏霜岚那双清亮的眸子笑得弯弯的，眼神示意他四周都是人，一定要做好戏，有些发嗲地温柔说道："王爷，我服侍您就寝吧。"说着就把慕容峻的手臂搭在自己肩上，拦腰扶着他用力一带，趔趄着坐倒在床上。

窗外，府中的侍卫和仆役正三三两两地偷偷趴着向里看，都是叶贵妃和太后的眼线。

房顶，瀚木和灵萝公主透过瓦片的缝隙也在偷偷瞧着。灵萝公主一脸抑郁，瀚木低声劝道："走吧，何必在这里找不痛快？人家都洞房花烛了，公主还想横插一脚吗？那天虽不知道是谁劫持了我们又放了回去，但猜也猜得到，一定是荣亲王的警告！公主即便不死心，也不能再生事端！"

灵萝公主愤愤不已，忽然一甩头对着手下说："回去。"手下立马负了她在背上，几个跳跃就消失在黑暗中。瀚木也紧随其后离开了。

东院的回廊里，成安有些担忧地说："就让那些人趴在窗户上偷看吗？不去管管？他们平时可不怎么敢进东院来啊。"

封平笑道："这是王妃的吩咐，不用理会那些人，让他们尽情地看，好去跟他们的主子汇报。他们都以为你和姜总管喝醉了酒，才敢偷摸进来的呢。"

成安白他一眼："你现在是什么都听王妃的了，王爷可不喜欢有人在他窗外。"

封平笑了笑，说道："我劝你还是早点儿听王妃的话，不然有你苦头吃。"

成安嘟囔着："王爷是有主见的人，才不会事事听她的。"

"哈哈，那你等着吧，早晚有一天——"封平笑得更厉害了。

屋内，苏霜岚把慕容峻推到床里面，自己躺在他的身边，然后放下了床帘。之后

从床内伸出一只手甩了一个暗器，弄灭了烛火，而暗器却没有停下，径直刺破窗纸打在了一个侍卫的额头上。

"啊呀！"侍卫惊叫，吓得连连说道，"王爷息怒，王爷息怒！奴才们这就滚，这就滚！"一群人连滚带爬，迅速跑出了东院。

慕容峻异常窘迫，又往里挪了挪，口气生硬地轻斥："下去！"

苏霜岚平躺着没有看他，神色却很是认真地说道："你体内的毒虽然复杂，但想完全去除也并非不可能，只要你愿意配合，我一定能帮你完全清除的。"

慕容峻没有说话，苏霜岚继续说道："首先呢，我要用金针探血，查看毒素到底有哪些，是否我全都能解，如果能解当然最好，如果有不知道的，就还要再好好研究；其次，你的腿伤也要一并治疗，每日金针刺穴至少两次，还要对症敷药；再者呢，就是配合这些，还要服用一些汤药了。"她歪着头算了算："半年多吧，一年之内我肯定给你治好。"

慕容峻仍然没有说话，苏霜岚有些不满地回头瞪他，却发现他额头冒汗，身体痛苦地蜷缩着。

苏霜岚立即明白他是腿伤及毒素发作，迅速从荷包内抽出金针对着他的腿扎去。四针下去，慕容峻的疼痛稍缓，只是脸色依然惨白。

苏霜岚边伸手边说道："让我看看你的伤。"

慕容峻一把打开她的手，冷硬地低吼："下去！别让本王再说第三次！"

"你恼什么？我这不是为了你好？"

依然还有些微的疼痛残留，慕容峻的脸色并不好看，却硬撑着那份冷厉："这世上没有无缘无故的事！你对本王所做的一切，早已超越你的身份！不管你是备选的荣亲王妃，还是现在已经成为的荣亲王妃，你都不应该也绝不会如此这般费尽力气帮助本王！一次又一次出手相助，对本王的一切了如指掌，还装作什么九天玄女的神秘模样！"他有些费力地喘息，偏开头不去看她，冷漠地说道，"本王说过了，不要烦本王，立即离开！"

苏霜岚脑子里转过了千百种想法，包括早就想好的一套解释说辞，却一个字也说不出，挤到嘴边冒出一句带着委屈的话："你不相信我？"

慕容峻依旧没有看她，语气更加生硬："不要逼本王说难听的字眼，走！"

苏霜岚半是委屈，半是演戏，居然"哇"的一声哭了出来，梨花带雨地泣道："再怎么说我现在也嫁给你了，你居然连自己妻子都不相信……呜呜呜……新婚之夜要把人家赶出去，人家还有什么脸面活在这世上……哇……死了算了……呜呜呜……"

慕容峻一个头两个大，没想到这个看似机变百出鬼灵精怪又爽朗明快的女子会突然大哭！她的一颗颗眼泪像是尽数滴在他的心上，把他的心瞬时化成了一摊水，让他完全慌了手脚。

"你……别哭了。"慕容峻的声音低柔下来，不自然地说道，"你爱在哪里就在哪里，本王不管。"

苏霜岚的哭声果然小了一点儿，不过还在抽泣。

慕容峻轻轻叹气，他的规矩总是轻易被她打破。只是苏霜岚还在抽抽搭搭，完全没有停下来的意思。

慕容峻虽然识破她的伎俩，但还是叹息着问道："你想怎样？"

苏霜岚抽泣了一下，清晰地说道："一、不准再吼我。"她瞪着慕容峻，慕容峻微微点头。

"二、配合我给你治疗腿伤。"

慕容峻皱起眉头，有些迟疑，最终在苏霜岚的逼视下点了头。

苏霜岚十分满意地吸了吸鼻子，诚恳而又严肃地说道："三、最最重要的一条，无论何时何地，出了何人何事，都必须无条件地相信我。你能做到吗？"

慕容峻抬眼，苏霜岚的眼眸似乎清澈见底，一片赤诚。

他几乎立刻就要答应，却终于冷静下来，淡淡地说道："本王不知道能不能做到。"

苏霜岚撇嘴："这回答倒是十分诚恳。算啦，信任嘛，也不是一时半会儿就能建立起来的，等我治好你的腿伤，你自然就能做到了。"她打了个大大的哈欠，说道："睡吧，好困。"说话之间伸手就拔下了慕容峻腿上的金针，然后躺下拉起被子盖好自己，闭上了眼睛。

慕容峻躺在她身边，却没有丝毫睡意，对于这个急转直下的情况有些茫然，不知道为何本来是自己赶她出去，却最终反被她要挟了几个条件。他听着她的呼吸渐渐悠长，侧脸去看她——

她睡沉了，没有丝毫防备地睡在他身边，睡颜安宁美好。她所要求的无条件信任，其实她一直在给予他，不是吗？从她一出现，就一直相信他能渡过一切危难，扫平一切阻碍，毫不犹豫地相信隆山大败与他无关，相信他根本没有通敌叛国……她一

直坚定地站在他这一边，无论在明还是在暗。

她不是苏正通的女儿吗？这身武艺、医术，都是流落外宅的时候学的吗？跟谁学的？完全看不出属于哪门哪派。而博学多识、镇定机变，甚至爽朗明快、干脆利落——都与普通的大家闺秀大相径庭。凭她的实力，根本不需要攀附苏府，不需要仰仗他，也能自己生活得很好，为什么心甘情愿回到并不在意她的父亲身边，遵从圣旨进宫备选王妃？就算是心中还顾念骨肉亲情，不愿父亲为难，可又为什么对他这么一个素未谋面的夫婿如此尽心尽力？

他想不通。

可她信誓旦旦地要求他相信，无条件相信。

她的谜团太多，他猜不透。

可最坏也不过就是他有过的想法——她是专门针对他的陷阱，引导他一步步走向再也没有光明的深渊。若是从前，他定是宁可错杀也绝不放过，而今——

一念天堂，一念地狱。

他缓缓躺平，闭上眼睛。若有似无的浅淡香气从身侧幽幽而来，搅扰得他有些心神不宁。

迷迷糊糊辗转反侧，他终于沉沉睡去。

次日清晨，成安在门口踟蹰半天，才尽量低声地开口唤道："王爷、王妃，时辰不早了，要准备进宫了。"

慕容峻蓦地惊醒，诧异自己居然会睡得如此沉。很快他发现，苏霜岚正在自己的腿上用针，而自己的裤子已经被剪开，刀口直到大腿根部。

他面上微红，沉声说道："不是正儿八经的大家闺秀，也不是正儿八经的女子吗？"

苏霜岚对他的话毫不在意，边扎针边说道："匕首划的，没掌握好力度，下次注意。"

"还有下次？"

苏霜岚认真地点头："那可说不准。你要是哪天又抽风不愿意让我给你诊治，就只有再这么办了。"

慕容峻看向自己的腿，那一道有手臂长的疤痕赫然在目，蜿蜒丑陋，崎岖可怖。而苏霜岚没有丝毫嫌恶，眉目温和地仔细摆弄着金针。他心里一暖，语气也不免柔软

第十章 洞房花烛

了几分："本王答应的事，不会反悔。"

"嗯。一诺千金，我喜欢。"苏霜岚答应着，完全没有注意到慕容峻那不自然的脸色，接着又说，"今天要进宫请安，只能先扎针为你疏通血脉，其他的耗费时间长，只有回来再完成了。"她三下两下拔除了金针，对着慕容峻笑道，"好了，今天你不会那么疼了。"她跳下床走入另一头的小隔间，大概是去更衣了。慕容峻顿了顿，稳住声音对着门外说道，"知道了。"

成安有些不安的声音传来："王爷，老奴进来服侍您起身吧？"

"不用。"慕容峻和苏霜岚同时出声拒绝，两个人都有些讶异。慕容峻是不想让苏霜岚看到自己完全依靠成安下床的窘迫场面，而苏霜岚则认为她扎针之后，只要扶着慕容峻就能让他起来。

成安在门外很是忧伤，王爷从没这样拒绝过自己啊。他耷拉着脑袋说道："早膳已经备好，老奴先去候着了。"

屋内，苏霜岚换上了入宫需穿的繁复服饰，手上拿着一套男装走到慕容峻面前："这是你的，快换上吧。"

慕容峻微微皱眉，心中的自卑恼恨又一股脑地流泻出来，十分别扭赌气地说道："转过去。"

苏霜岚了然地笑笑，把衣服递给他就转过身去。

慕容峻吃力地搬着自己受伤的腿挪动，窸窸窣窣十分缓慢，苏霜岚调侃道："有腿不用，多此一举。"

慕容峻有些诧异，试着用自己的腿使劲，一阵疼痛感袭来，却不像从前那样疼得几乎让他晕倒，他吃力地扶着床边，有些冒汗地缓缓站起来。虽然大部分身体还是倚靠着床沿，但起码他能暂时站立一下了。

"你的医术，竟如此高明。"慕容峻带着疑惑轻叹，"师承何人？"

苏霜岚只轻轻一笑："不告诉你。什么时候你真正信任我了，我就说给你听。"

慕容峻没有追问，开始穿戴新衣。

苏霜岚只是听声音都知道他在穿哪里，上衣很快穿好了，穿裤子还是有些吃力，终究摇摇晃晃地往边上一倒！

苏霜岚迅速转身，眼疾手快地一把搂住他。

成安等候多时，才看见苏霜岚推着慕容峻慢悠悠地走了过来。

成安细细打量，只见王爷穿戴整齐，脸色红润，再配上今天这套颜色稍亮的衣衫，显得他英挺逼人；而苏霜岚的衣衫外罩有一件同色轻纱，衬得她俏丽飘逸。

成安内心不由得赞叹："真是一对璧人啊。如果王爷能站起来的话……"

苏霜岚推着慕容峻到了餐桌边，看见一桌子美食，开心地丢下慕容峻就奔了过去，拿起筷子夹起一个水晶饺子就往嘴里放，边嚼边赞道："哎呀，王府的东西果然不一样，好吃好吃！"

慕容峻却一伸手掐住她的喉咙，大力逼压之下，苏霜岚将饺子全吐了出来。苏霜岚不住地咳嗽，打开慕容峻的手，怒道："做什么？你要掐死我？"

慕容峻呵斥道："本王还没动筷，你竟敢先吃？放肆！"

苏霜岚更为愤怒："摆什么王爷的臭架子？本姑娘长这么大想怎么吃就怎么吃，想什么时候吃就什么时候吃，还没人敢管过我！"

慕容峻十分不满，赌气地伸手一挥，他面前的几盘菜尽数掉在地上，噼里啪啦碎了一片。他对着屋内的四五个侍者怒道："滚！都滚出去！"

侍者们匆匆退下，成安很快将门关上。苏霜岚更为着恼："慕容峻你少发疯，本姑娘不吃这一套！别以为你被诬陷被下毒有刀伤就可以无限制地发疯下去！这世上比你悲惨的人多了去了！再这样发疯本姑娘可就不客气了！"说着摆开架势，像是要跟慕容峻打一架。

慕容峻却已经没有了刚才发怒的模样，神色平静柔和。他看向成安，成安低声说道："都走远了。"

慕容峻看着苏霜岚的样子有些好笑，轻声吐出两个字："有毒。"

苏霜岚愣了愣，立即反应过来刚才都是慕容峻故意的，那些侍者在这里他才装出来的，只是为了让她吐出食物，又不让侍者看出来他知道有毒。

苏霜岚的怒气消了大半，仔细看向那些食物："就这么看着你就能看出来有毒？"

她拔下发髻里的一根银簪向水晶饺子扎去，再看那银簪，果然冒出了黑色的印记。

苏霜岚有些吃惊，顺手向其他食物都扎了几下，银簪上的黑色更多更深沉了。她"啪"的一声丢了银簪，十分不快地说道："连饭都不让人好好吃！这日子没法过了！"

慕容峻依旧平静，眼波无澜地看着她："在这里，吃不好饭，睡不好觉，还时不时有生命危险——你若悔婚，本王会向父皇上书，一切都归咎在本王身上，你大可轻松离去。"

苏霜岚眼珠转了转，笑嘻嘻地走近他："王爷，你好像每时每刻都在不停地想着怎么赶我走？"

"本王是警告你，留在这里不会有什么好下场。"慕容峻眼神清幽，"从前府中的仆人，被毒死、被害死的不在少数，其余的都被本王遣散了，你现在看到的这些，除了成安和几个会些功夫自愿留下的，其他都是一心想着暗害本王的人。留在虎狼包围之地，能有什么好结果？"

苏霜岚依然在笑："那王爷你，还有成安和那几个忠心的人，是怎么活下来的？"

慕容峻还未答话，成安抢先说道："王爷、王妃，时辰不早了，准备入宫吧。"

苏霜岚嘿嘿笑着："王爷，你不告诉我活下来的秘密，那以后我吃什么？王妃总不能饿死在府里吧！"

成安一个劲地使眼色，不让他说，慕容峻却并未隐瞒，直接说道："本王每日的食物都是封平暗中带来，成安和其他几个人都是出府时在外吃的。"

苏霜岚点点头，又看了看桌上那些食物："那这些东西没把你毒死，他们也没怀疑？"

"这都是慢性毒药，吃得时间长了才会死人。每天把这些食物收起来一部分，让成安他们带出去烧掉，让那些人以为本王吃过了。"慕容峻说得轻描淡写，苏霜岚听来却深深感受到了他的艰难忧伤。

苏霜岚有些难过："这些慢性毒药……难道已经布置了三年吗？"

"半年多吧。"慕容峻语气淡淡，"要是三年本王还没死，那真是惹人怀疑呢。"

苏霜岚默默点头，慕容峻说道："入宫吧。"

两个人更衣妥当便坐上轿辇向皇宫行去，谁知刚到宫门便有侍卫上前阻拦："启禀王爷，今日的入宫请安已经取消了，王爷请回吧。"

慕容峻与苏霜岚对视一眼，均感诧异。

轿辇旁的成安说道："之前皇上特赦王爷在软禁期出府，为的就是大婚次日进宫请安，怎么会突然取消了？"

侍卫答道："属下也不清楚,这都是宫里的旨意。"

慕容峻沉声问道："谁的旨意?"

"是奉了太子的令旨。"

慕容峻目光微沉："皇上的圣旨,岂是太子令旨就可更改的?"

"只因皇上突然病重,已命太子监国,将宫中一切大小事宜交由太子负责,所以眼下只认太子令旨。"

慕容峻的眸色更为幽沉,苏霜岚也敏锐地察觉到宫中有变。他俩再次对视,苏霜岚已经明白了慕容峻的意思,立即说道:"王爷,太子殿下昨天还派人来说今日入宫一同饮酒,怎么今天又不让进去了?"她摆出王妃的架势,对那侍卫斥责道:"定是你假传令旨!说,你是谁的人,竟敢如此胆大包天?"

侍卫吓得跪在地上:"小人就是有十个脑袋也不敢这么做啊!确确实实是太子殿下的旨意,小人没有一个字欺瞒啊!"

苏霜岚假装恼怒:"皇上身子一向健朗,怎么会突然病重?即便如此,也应让王爷入内探望,太子怎会将王爷拒之门外?再不说实话,立即将你活活打死!"

那侍卫简直被吓蒙了,不住地叩头说道:"王爷饶命,王妃饶命!小人……小人只是听说宫中戒备森严,皇上寝殿没有太子手谕不得入内……其他的……其他的一概不知啊!"

苏霜岚看向慕容峻,他压抑地说道:"回府。"

一路上,慕容峻都没有说话,只是眉头紧锁。苏霜岚知道他在担心皇上的安危,心里也很是焦虑。临近王府时,慕容峻突然说道:"绕路。"

成安立即吩咐轿夫掉头走进小巷,苏霜岚稍稍掀开纱帘向外看去,只见王府门口多了很多侍卫,为首的一个手中捧着一份明黄色的卷轴,看着像是圣旨。

苏霜岚问道:"你怎么知道?"

"软禁父皇伪造病重,当上监国可随意下旨更改一切——"慕容峻轻哼一声,"那他还不立即将本王除了?"

苏霜岚点头:"你倒是很了解他。可我们终究是要回府的啊。"

"需要些时间了解宫中状况,争取到一点儿是一点儿吧。"慕容峻对着轿外的成安吩咐道,"这轿辇太显眼,停在偏僻的地方,你去飞仙酒楼找封平来见我。"

成安应声,轿辇很快停在小巷的偏僻角落,轿夫被成安遣走,他自己也立即奔向

飞仙酒楼。

苏霜岚看着慕容峻沉稳应对,轻声说道:"其实,你心里还是相信皇上的吧?那天在大殿上,他那样羞辱你,你都不介意吗?"

慕容峻的脸上有着淡淡的哀痛:"当时,真的很愤恨,不知道父皇为何完全不相信我,可是我一抬头,看见父皇的两只手都攥成了拳头,我立即就无法再恨。"他幽幽叹气:"那是小时候玩闹时约定的暗号,双手握拳就表示,所说的话,所做的事,全都不是出自本心。"

苏霜岚讶然,怪不得那天慕容峻眼中的神色复杂,并不是她料想中的愤怒伤心。她立即将皇上被害成不死人的事情对慕容峻一一道来,慕容峻的眉头越皱越紧,语气中透着彻骨之恨:"这种歪门邪道,最是阴毒!必得全部肃清以正国本!"

苏霜岚想着自己也是会这种类似"歪门邪道"的人,不由得一凛,有点儿不自然地问:"要全……杀了吗?"

"曾经为虎作伥、阴谋害人的,绝不留活口!那些从未作恶,甚至帮助过其他人的,可以遁世远居,互不打扰。"慕容峻说得斩钉截铁。

苏霜岚微微垂下眼睛,不知道自己这"曾经害过他,现在又在帮他"的人,最后会是什么结局。

慕容峻没有注意到苏霜岚的神情变化,他又想起了那天在苏霜岚后颈的那团黑色雾气,莫名说了句:"以后,离太后远一些。"

"嗯?"

"太后是西淼公主,会用蛊术。"慕容峻只简单说了这一点,他认为多一个人担忧没有任何必要。而且他也不想让自己看起来很关心她,于是闭口不言。

封平很快来了,慕容峻吩咐他入宫查看皇上情况,四处查探线报等事宜。封平迅速离开了,成安问道:"王爷,现在回府吗?"

"回。"慕容峻眼中闪现着锋芒,"我就不信,慕容峰敢直接下旨杀了我。"

王府门口,侍卫长仍然捧着那份明黄色的圣旨守在那里,眼见着王爷的轿辇由远及近,立即迎了上来,行礼过后说道:"圣上有旨,皇四子慕容峻恭谨持重,明理克己,特将陌白赐为封地,陌白所属十城尽归慕容峻管辖,望尔造福一方,永享太平。念其腿伤不便,特地恩准三个月内到达封地,钦此,谢恩!"

慕容峻被苏霜岚和成安搀扶着,缓缓从轿辇中出来坐上轮椅,从侍卫长手中扯过圣旨，看都没有看他一眼，就进入府中。

　　侍卫长气恼却又不敢大声呵斥，愤愤地叨叨了几句就离开了，那些侍卫却留下了，井然有序地在王府各个出口站岗。

　　进入府中，慕容峻随手将圣旨丢在一边，成安连忙捡起来说道："王爷再怎么气恼，也不能给别人留下能够制造事端的把柄啊！万一太子殿下说您对圣旨大不敬，那可是要杀头的死罪！"

　　慕容峻眼中已有杀气："立即召幽冥队进宫，给我杀了慕容峰！"

　　苏霜岚"哎呀"一声："怎么突然这么生气？又不是不知道慕容峰容不下你！皇上现在是什么状况还不清楚，万一他用皇上相威胁，你不管是召了谁去，也杀不了他啊！再说他身边还有不死人存在，到底有多少个不死人能为他挡刀，这可真说不准。"

　　慕容峻渐渐冷静下来，用力闭了闭眼："是本王糊涂了。"

　　"气糊涂了嘛，正常。"苏霜岚拍拍他的肩膀，"看来慕容峰是要驱逐你离开皇都长宁，好让他自己一人独大，趁机坐稳政权——陌白是个什么地方？环境极其险恶吧？"

　　慕容峻点头："不险恶的地方，他会给本王做封地吗？那里穷山恶水也就罢了，关键是左邻南华，右靠大海，南华时不时有铁骑骚扰，大海上时不时有海盗出没，直接登陆烧杀抢掠。那里的居民越来越少，现在不足五百户。"

　　"属于陌白的有十座城池？听起来地方很大啊！"

　　"十座城池都非常小，基本可以说是十个村子而已。他难道会给本王很大的封地让本王韬光养晦？他是让本王去送死。"慕容峻眼中恨恨，"在那里要面对南华铁骑和海上强盗，而本王除了一个封号，手上一个兵也没有。夏侯厉的神睿铁骑虽然听命于我，但区区千人，根本难以应对两处强敌。"

　　苏霜岚倒不甚在意，反而说了一句："说不定是个契机……"

　　慕容峻看了看她，忽然反应过来，凝神细细想了一阵，问道："可能吗？"

　　苏霜岚自信地微笑着："王爷，有信心不见得能成功，但没有信心，是一定不能成功的。"

　　慕容峻若有所思，成安不解地望着他俩："王爷，王妃，这是在打什么哑谜？"

　　苏霜岚笑笑："不告诉你。"

第十章 洞房花烛

入夜，王府被守卫得十分森严，因慕容峻的软禁并未解除，所以府中各人不得私自外出。苏霜岚在慕容峻的书房中，一直望着房顶，不断说道："好饿好饿好饿，怎么还不来？"

过了一会儿，封平从房顶跳下，手中拿着一个大包裹。苏霜岚冲上去打开包裹，傻了眼："十个包子？没别的吗？"

封平不解地看着她："王妃还想要什么？平日里王爷也就这样吃。"

"吃点儿包子就行了？也不弄点儿什么小菜，喝点儿什么粥？"苏霜岚直摇头，"啧啧啧，你这王爷过得还不如一个殷实之家的公子呢。"说是这样说，她已经拿起一个包子吃了起来。

她像是饿极了，一会儿两个包子已经下肚，看起来还没吃够。

慕容峻收回看她狼吞虎咽的目光，对着封平说道："现在本王手上没有任何兵权，朝中也没有可以信任的大臣，看来封地是必然要去的。但在走之前，我想进宫见父皇一面，不然总是不能安心。"他的声音有些低沉："眼下也无法肯定，父皇到底只是被软禁，还是已经被……"

苏霜岚在一边口齿不清地说道："肯定还活着，你放心。"

"你为何如此肯定？"

"要是皇帝驾崩，慕容峰早就以太子身份登基了，还搞什么监国，费这个劲？"苏霜岚继续吃包子，"再说，皇上跟我说过，叶贵妃他们一直想知道他的一个秘密，但他一直没说，所以他们才一直没有杀他。"苏霜岚没有说"不死人根本死不了甚至会害死其他人"的事情，不想让慕容峻更难过。

"秘密？"

"对啊，但我也不知道是什么秘密，皇上说等我当了荣亲王妃以后会告诉我的。"苏霜岚偏着头想了想，"不会是什么大昭宝藏之类的东西吧？"

慕容峻摇头："从未听说。"

封平说道："王爷要进宫的话，还是走密道吗？可是太后若是知道您进宫……不知道她会不会告知太子，毕竟现在掌权的是太子，帮他除掉劲敌乃是大功一件。"

"自然不能让她知晓，她靠不住。"慕容峻立即反驳，转而看着自己的腿，"若我没有残废，出入宫廷自然不在话下，可如今……"

"我代你去。"苏霜岚还是专心地吃着包子，却说了这么一句。

慕容峻立即回绝："不行。"

"有什么不行？我的轻功你也见识过了，我的身手也不赖，一定能安全回来的。你想说什么都告诉我，我带话给皇上。"

封平说道："那还是我去吧。"

苏霜岚笑道："你去？皇上会跟你说心里话吗？皇上根本不认识你嘛。"

封平没话说了，慕容峻依旧说道："如今的宫中定是戒备森严，你只身前去太不安全了。再说，万一父皇被他们藏了起来，你根本找不到。"

"那你去了就能找到了？"

慕容峻有些犹豫，最终还是说道："林寒传出来的消息，父皇目前还在寝殿之中。"

林寒？

苏霜岚恍然想起，就是那个曾给自己诊脉的年轻太医啊。他一定是为皇上诊治"重病"，才能知道皇上在何处。

苏霜岚白了慕容峻一眼："知道你还不早说？"她将剩下的包子丢给慕容峻："多吃了两个，抱歉啦，我快去快回！"说着十分敏捷地攀上屋顶，很快不见了。

"回来"两个字被慕容峻噙在口中还未说出，苏霜岚已经走远了。他低头看向手里的包子，只剩下三个。封平咧嘴："王妃还真……能吃……"

慕容峻拿起一个包子慢慢吃着，说道："能吃是福。"

封平问道："那王爷您够吗？要不再去买点儿来？"

"罢了，"慕容峻微微抬眼看了看屋顶，"没什么胃口。"

皇宫。

苏霜岚轻功不错，再加上暂停时间的特殊能力，没怎么费劲就到了皇帝寝殿中。殿中没有一个侍者，皇帝孤零零地躺在龙榻上，薄被都没有盖好，耷拉在腹部以下。

苏霜岚轻手轻脚地走过去，皇上似乎昏睡着，她轻声唤道："皇上，皇上？"

皇上没有睁眼，苏霜岚却听见门外的脚步声由远及近。她连忙跃上龙榻上端的横梁，以装饰帷幔来遮挡自己。殿门很快被推开，叶贵妃和池旧走了进来。叶贵妃看看皇上，问池旧："他就这样一直睡着吗？到底怎样才能死？"

"找不到沧澜族人，任何人都没有办法。娘娘都知道，又何必多问呢？"池旧仔细看了看皇上，"他都能听到呢。"

叶贵妃毫无顾忌："听到又如何，现在他还能怎样？期盼着他那个残废儿子来救他吗？既然能听到，就快点儿交出神龙秘印，本宫还可以考虑让你晕着的时候被下葬，免得忍受活埋之苦！"

苏霜岚听得心惊肉跳，沧澜族人能杀死不死人吗？自己就可以吗？用什么方法呢？皇上若是再不交出那什么秘印，会不会随时都有危险？

皇上微微睁开眼看向叶贵妃，无力地愤恨着："好歹夫妻一场，你竟……竟如此……"

叶贵妃根本懒得多费唇舌，冷笑着说道："再给你几天时间，你最疼爱的儿子即将启程奔赴他的封地陌白，若是他启程之前你还没交出来，你那最疼爱的儿子，必将暴毙于王府之中！你等着吧！"

皇上怒视着叶贵妃，池旧上前给皇上灌下几颗药丸，逼着他吞了下去，随后跟着叶贵妃离开了寝殿。

皇上剧烈地咳嗽着，苏霜岚连忙下来扶起他，给他拍着后背。皇上咳了很久才平静下来，喘息着说道："峻儿，峻儿，还好吗？"

"王爷一切安好，皇上您放心！"苏霜岚连连安慰，说了他们自己买食物吃的事情。

皇上仍然难以安心："那个池旧……手段厉害，难以预测，不是常人能抵挡……"他用尽力气抓住苏霜岚的手腕："答……答应朕，一定……一定要，护他周全！"

苏霜岚认真点头："皇上放心，我一定会尽全力！只是皇上，您如此危险……"

"朕，死不了，他们没有得到神龙秘印，只会折磨朕，不敢真的宣称朕已驾崩而下葬……"皇上仔细看着苏霜岚，像是想把她的内心看透，"你……不管从前如何，现下……已是荣亲王的嫡妃，你……不会背叛他，对吗？"

苏霜岚双眸清澈坦荡："绝不会。"

皇上虚弱地点点头："附耳过来。"

苏霜岚把耳朵靠近皇上唇边，只听皇上极低声却十分清晰地说出一串奇怪的话语："山鬼百兽，辽意幽魂，芒川星辰，流云飞翼……"

皇上一字不差，一句没有重复地说了半盏茶工夫，苏霜岚不住地点头。最终，皇上抬起头来看向她："朕把大昭国最重要的秘密告诉了你，这就是所谓的神龙秘印。都记住了吗？"

"记住了，皇上放心，我会一字不落地转告给王爷。"

"好……"皇上如释重负，重新躺倒在榻上，无力地继续说道，"知道为何，朕没有启动秘印来重整河山吗？"

苏霜岚略略想了想，答道："这秘印中的力量都太过强大，一旦启动，只怕尸横遍野……百姓也会无辜遭殃。再者，皇上是担心这些力量展现在人前，会引发不可预料的争斗灾难？"

皇上浅笑点头："果然不是一般女子，看问题如此通透。还有一点，那池旧身后究竟有多少不死人，是否还有其他能人异士存在，朕完全不清楚，如果启动秘印带来的结果是被他悉数打败，那皇家一代代留存下来的最大秘密武器，就这样毁在朕手里了……到那时，恐怕再也无法控制住局面了……"

苏霜岚诚挚地说道："皇上您放心，王爷一定会善加利用，不辜负您的嘱托！"

皇上很是欣慰，又说道："朕的情状，不必全说给峻儿听，该说的就说，不该说的绝不要说。明白吗？"

苏霜岚知道皇上是担心自己成为慕容峻的后顾之忧，可她也担心皇上真的会被活埋或者被折磨得更加难受，一时没有答应。皇上急道："朕的安危算什么？峻儿若能借此机会离开长宁，即便去的是腹背受敌之地，他也一定能杀出一番天地！朕即便死了，在天之灵也会笑着看他重回长宁，惩治那个不孝子和毒妇，重振大昭，复兴大昭！"

苏霜岚暗暗叹息，答应道："我明白，皇上放心！"

皇上长长地舒了一口气，叹道："今夜，朕也许能睡着了……你去吧……"

荣亲王府。

苏霜岚很快将宫中情况告诉了慕容峻，略过了皇帝被折磨的部分。慕容峻显然深为震动，眼中恼恨与痛苦交织，牙关紧咬，没有说话。苏霜岚将神龙秘印也细细告知，慕容峻听后有些木然，半晌才说道："这些……神秘奇异的力量，为何会听命于一个平凡的皇帝？"

"这个皇上没有细说，大概意思就是祖上的恩义和约定。"苏霜岚观察着慕容峻的神色，试探地说道，"听皇上的意思，这些拥有奇异力量的人，也不想被世人发现，大多远遁世外，或者即使在我们身边也不会被发现，关键时刻还会因为曾经的承诺出手相助，甚至力挽狂澜……你还认为他们都是歪门邪道吗？"

慕容峻眉头轻锁："人性本善。但世事变迁，造化弄人，再加上利欲熏心，奸人挑唆有多少人能保持最初的良善本心？贪欲犹如无底之洞，人往往身不由己地越坠越深。"他轻轻一叹："但本王也相信，无论何时何地何种情况下，总会有一些高洁之士秉持心中公义纯正，不为外界所改变。只是这样的人，很难得。"

苏霜岚稍稍放下心来，好歹他看问题公正，自己暂且不必那么担心。慕容峻问道："父皇他……真的没有生命危险吗？"

苏霜岚眼神沉静，看进他的眸中："王爷，你又何尝不是每天生活在死亡的阴影之下？你会因为这遍布四周的危险就止步不前吗？如果说从前你不惧死亡，甚至一心想死，那么如今呢？纵使前路艰险万分，你也会勇往直前，是不是？"

慕容峻心中一震。自从隆山大败以来，他没有一刻像此时此刻这般清醒明了，知道自己到底应该做什么，到底要怎么做！也没有一刻像此时此刻这般勇敢无惧！父皇从未嫌弃过他，从未远离他，甚至不顾生命安危只求他能平安离开……三年来的耻辱羞愤似乎化解大半，他长长地舒了一口气，看着苏霜岚的眼睛，认真回答道："是。"

苏霜岚笑了起来，眼睛柔柔的，像两弯新月："所以你不必担忧皇上，他会保护好自己，直到你凯旋的那一天。"

慕容峻仔细凝视着她，眼中渐渐多了些复杂的情绪，原本顺畅的谈话瞬间急转直下，他恢复了冷漠模样，平淡地说道："话已经带到了，你退下吧。"

"喂喂喂！"苏霜岚不满地高叫，"翻脸不认人、过河拆桥吗？你翻脸怎么比翻书还快？"

"十天后出发去封地陌白，你可以不去。或者你想去什么地方，可以跟着本王的队伍一路行进，到了喜欢的地方就留下来。"慕容峻继续漠然冷淡，"你也说了前路艰险，你不必跟着本王冒险。"

——本季完——

超脑洞龙族幻想大系列
续集炫目上市

唯美分享价：
32.00 元 / 本

三契缘尽，新骰子竟重现人间，
两个拥有龙神骰子的少女
究竟谁才是龙十子的**真正"主人"**！

青春作家惊歌 携续集再次站在龙族的风口浪尖

龙子们遭遇不明危机，
赖远辰失联、萧甯身陷囹圄，
龙子们遭遇不明危机。
失去依靠的林陌桑
如何唤回裴西林消失的记忆？

亦敌亦友的火麒麟宫巳
步步为营，设局破局，
帮助林陌桑解开谜题
又将她带入新的危机，
事态十分紧急！